Deseo™

Cosas del

ROBYN

W9-DAS-493

WITHDRAWN

<H> HARLEQUIN™

Editado por HARLEQUIN IBÉRICA, S.A.
Núñez de Balboa, 56
28001 Madrid

I.S.B.N.: 978-84-687-0934-5
Depósito legal: M-32253-2012
Editor responsable: Luis Pugni
Fotomecánica: M.T. Color & Diseño, S.L. Las Rozas (Madrid)
Impresión en Black print CPI (Barcelona)
Fecha impresion para Argentina: 17.6.13
Distribuidor exclusivo para España: LOGISTA
Distribuidor para México: CODIPLYRSA
Distribuidores para Argentina: interior, BERTRAN, S.A.C. Vélez
Sársfield, 1950. Cap. Fed./ Buenos Aires y Gran Buenos Aires,
VACCARO SÁNCHEZ y Cía, S.A.

Capítulo Uno

El potente chasquido de un cristal que se rompía le puso a Eden Foley el corazón en la garganta. Un reflejo la hizo ponerse de pie cuando la lámpara de cristal Swarovski pareció tambalearse en el techo. Todos los presentes se tensaron y contuvieron la respiración.

¡Dios Santo! ¿Había explotado una bomba en el centro de Sídney?

Con el corazón latiéndole a toda velocidad, Eden miró al exterior a través del amplio ventanal del restaurante. En el exterior, había una mujer sobre la acera con un bate de béisbol en las manos. Un coche deportivo de lujo estaba aparcado junto al bordillo con el parabrisas reventado en mil pedazos. La mujer volvió a levantar el bate dispuesta a golpear el reluciente capó negro del vehículo.

Lo que la mujer llevaba puesto podría haber sido un camisón, que se extendió vaporoso a su alrededor cuando ella se preparó para dejar caer el siguiente golpe. Como dueña de una boutique, Eden admitió que los estampados de estilo retro estaban de moda aquella temporada. Las palabras obscenas y la rabia desatada no.

El bate golpeó el capó. Casi al mismo tiempo, un hombre alto, de impresionante físico rodeó el vehículo por la parte trasera y arrebató el bate a la mujer sin esfuerzo. Entonces, como si se tratara de la escena final de un *thriller*, un coche de policía se detuvo junto a ellos con un frenazo seco. La estridente sirena le tensó un poco más los nervios a Eden. Dos oficiales de policía salieron del vehículo al mismo tiempo que la mujer se derrumbaba sobre el suelo sollozando.

Eden respiró aliviada y se relajó en su asiento. Conocía al atractivo dueño del vehículo. Era el que iba a almorzar con ella. Muchos años atrás, él le robó el corazón. Durante cuatro maravillosos meses, Eden había cobrado vida entre los brazos de Devlin Stone.

Aunque la relación no había terminado bien, Eden no podía negar que habían compartido una especie de vínculo muy especial, una conexión que una joven enamorada había creído que duraría para siempre. Seis semanas atrás, la hermana de Eden había caído en una trampa muy similar. Sabrina había comenzado a salir con el hermano menor de Devlin, un conocido playboy que se llamaba Nathan Stone.

Igual que Devlin se había deshecho de Eden cuando había dejado de tener interés por ella, lo mismo haría Nathan cuando se hubiera hartado de Sabrina. Esperar que Sabrina se aviniera a razones y comprendiera que su relación con Nathan no duraría mucho era una pérdida de tiempo. Ella misma había saboreado lo maravilloso que podría resultar un Stone. Eden sabía por experiencia lo duro que podía resultar enfrentarse a los hechos. Sin embargo, no podía ni debía mantenerse al margen y esperar a ver cómo le destrozaban el corazón a su hermana pequeña.

La única solución posible era apelar al lado más compasivo de Devlin y pedirle que hablara con Nathan como un hermano mayor era capaz de hacerlo. Alguien tenía que pedirle a Nathan que dejara a Sabrina en aquel mismo instante, antes de que los sentimientos volaran demasiado alto y, por lo tanto, la caída fuera más dura. Después de lo que Devlin le había hecho pasar, se lo debía.

Veinte minutos más tarde, el coche patrulla se marchó. Eden había terminado de añadir una nota de tareas en su PDA para recordarse que tenía que renovar todos sus seguros cuando su atractivo ex entró en el restaurante.

Devlin parecía tranquilo cuando se detuvo en la recepción. Se colocó los gemelos de oro y observó atentamente el comedor. El desaliño de su cabello negro como el ébano era totalmente deliberado. Su mirada era de un azul tan intenso como Eden recordaba. ¡Se había sentido tan viva y adorada cuando aquellos ojos la miraban!

Y cuando se separaron...

Apretó la mandíbula y tomó su vaso.

Cuando se separaron, ella recogió los pedazos y no volvió a mirar atrás.

Después de que el *maître* le indicara, Devlin avanzó entre las mesas. En pocos instantes, estuvo frente a Eden. Sus rasgos eran únicos. Frente despejada que denotaba inteligencia, una larga nariz, muy recta, que sugería un orgullo innato. Mandíbula cuadrada que mostraba ligeramente el nacimiento de la barba. Su aspecto definía perfectamente la palabra «bello», aunque en un sentido hipnótico y puramente masculino. Su aura de fuerza y de autoridad era tan tangible que todas las cabezas femeninas lo estaban mirando y no iban a dejar de hacerlo en un futuro próximo.

Resultaba evidente que Devlin Stone era peligroso.

Ahí radicaba la mitad de su atractivo.

—Eden, me alegro de verte.

Los nervios de Eden vibraron al escuchar aquella profunda voz. Aunque el corazón le latía con fuerza contra las costillas, consiguió sonreír con tranquilidad.

—Hola, Devlin.

—Siento haberte hecho esperar. Me han entretenido.

—Y tanto que te han entretenido. Me sorprende que no se hayan presentado los de la prensa.

Devlin se quitó la chaqueta y apretó los labios. Resultaba evidente que seguía teniendo una profunda antipatía por los *paparazzi*.

—Si prefieres que quedemos en otra ocasión —sugirió ella—. Tal vez mañana...

—Francamente, después de ese episodio, estoy deseando relajarme en agradable compañía —dijo él con una sonrisa—. Me alegro de que me hayas llamado.

Eden sintió que habría los ojos de par en par y que algo se deshacía en su interior. Devlin podría mostrarse todo lo seductor que quisiera, pero ella ya no era la jovencita ingenua y enamorada de años atrás. No estaba allí para ligar.

Devlin levantó la barbilla para llamar al camarero, que acudió sin demora alguna.

–¿Tiene Louis Roederer Cristal?

El camarero lo miró con respeto.

–Sí, señor.

–Excelente. Copas frías, por favor.

Cuando Devlin entregó su chaqueta para que se la llevaran al ropero, Eden se mordió el labio. ¿Exactamente cuánta tela se necesitaba para vestir unos hombros como esos?

–Por fin –dijo Devlin mientras se acomodaba en la silla–. Soy todo tuyo.

Eden sonrió secamente.

Ojalá.

–Te agradezco mucho tu tiempo, Devlin. Esperaba que pudiéramos hablar... –se interrumpió y frunció el ceño. Entonces, se tocó la mejilla. Devlin la estaba mirando muy fijamente–. ¿Tengo algo en la cara?

–En el labio –respondió él. Entonces, extendió la mano y se detuvo en seco. Sonrió–. ¿Puedo?

Eden se sonrojó. Las mejillas le ardían y lo peor era que los pezones también. Quería decirle que no la tocara, pero él ya se había inclinado sobre la mesa... el pulgar ya estaba acariciándole el labio... sus cálidos dedos ya le estaban enmarcando la mandíbula.

De repente, Eden se sintió transportada a aquel verano de cuento de hadas. Escuchaba las profundas carcajadas de él y sus propios chillidos mientras se montaban en el tren de la bruja de Luna Park. Experimentó el cosquilleo que notó en el vientre la primera vez que él la besó en la cama de su dormitorio. Tres años del pasado que parecieron fundirse con el presente...

Entonces, él retiró la mano y Eden abrió los ojos. El ruido que hacían los cubiertos al entrechocarse y el aroma de la deliciosa comida la ayudaron a regresar.

–Es lima –le explicó él mientras le indicaba el trozo de fruta que ella tenía en el vaso. Entonces, le indicó que continuara–. Estabas diciendo que...

–Quería hablarte sobre la situación de nuestros hermanos –dijo.

–¿Te refieres al hecho de que están saliendo? –preguntó él. Unos sensuales pliegues, que no eran ni arrugas ni hoyuelos, le enmarcaron la boca–. ¿Los has visto juntos?

–Nathan he recogido a Sabrina en el vestíbulo de nuestro apartamento en algunas ocasiones, pero no, aún no lo ha invitado a subir para que yo le conozca.

Sin duda, a Sabrina le preocupaba la reacción de su hermana mayor porque sabía todo lo que había ocurrido entre Eden y Devlin. Había escuchado todos los sermones que Eden le había echado sobre lo de mantenerse alejada de cierta clase de hombres, que se limitan a amar y a dejar a las mujeres. Los hermanos Stone eran el ejemplo vivo de estos hombres.

–Por lo que yo puedo deducir, parecen estar muy enamorados –comentó Devlin–. De hecho, jamás había visto así a Nathan antes.

–Solo llevan saliendo seis semanas.

–Supongo. ¿Cuánto tiempo salimos nosotros? ¿Catorce o quince semanas?

Eden sintió un escalofrío. Dieciséis semanas, dos días y once horas para ser exactos. El tiempo que Devlin tardó en desenamorarse de ella.

–Te ruego que no nos desviemos del tema. Estamos hablando de mi hermana, una chica impresionable que está en su último año de universidad, que está con un hombre a quien se le conoce mejor por las fiestas que da en Miconos.

–La fiesta –replicó él–. Y de eso hace un año.

–Sí, claro. Doce meses es tanto tiempo...

–La gente madura.

–No toda la gente –repuso ella. Cuando vio que Devlin fruncía el ceño, respiró profundamente–. Mira, no he venido aquí a insultarte.

–Por supuesto que no. Yo había esperado que la razón podría ser que quisieras confesarme lo mucho que me has echado de menos.

Eden se echó a reír con amargura. Devlin era incorregible. Presumido. Y tan irresistible...

Se cruzó de brazos y lo estudió con ojos entornados.

–Ciertamente eres la persona más arrogante que...

–Y tú eres tan guapa como recordaba.

La mirada de Devlin acarició el rostro de Eden, tan íntima y excitantemente como si fuera la caricia de un amante. Necesitaba creer que las llamas que le abrasaban el vientre eran en realidad lenguas de hielo. Se reclinó en la silla y se cruzó de piernas.

–¿Me vas a ayudar o no?

–No estoy seguro de saber lo que quieres.

–Quiero que hables con tu hermano. Que le digas que deje en paz a Sabrina. Es muy sensible, Devlin. Resulta muy fácil hacerle daño. Si esa relación sigue durante más tiempo, ella se quedará destrozada cuando Nathan rompa con ella.

–¿Y quién dice que va a romper?

–¿No te parece que resultan suficientemente elocuentes los montones de corazones rotos que ha dejado por el camino hasta ahora?

–Bueno, admito que ha tenido algunas novias, pero...

–Más que algunas –musitó ella.

–... te estás olvidando de una cosa. Mi hermano es mayor de edad, igual que tu hermana que, si no me equivoco, ya ha cumplido los veintiuno.

–Hace muy poco.

–No tenemos derecho alguno a inmiscuirnos en sus cosas.

–Para ti es fácil decir eso. No es de tu sangre la que se va a pasar meses llorando en la almohada todas las noches...

Cuando Devlin la miró con interés, ella se ruborizó ligeramente y apretó los labios. Había dado demasiada información.

Se reafirmó mentalmente en su objetivo, que era evitar que su hermana sufriera el mismo dolor que ella había experimentando en las garras de un Stone, y volvió a intentarlo.

–Te estoy pidiendo ayuda.

–No son niños, Eden –insistió él–. No es asunto nuestro. De hecho, no es asunto de nadie más que de ellos mismos.

Al ver el implacable rostro de Devlin, ella contuvo el aliento. Aquella era su respuesta. Se tendría que haber imaginado que todo sería inútil. Peor que inútil. Devlin Stone vivía para dos cosas: su próxima aventura y su próxima seducción. Y en ese orden, lo que no dejaba espacio alguno para la compasión que ella había esperado encontrar.

Seguramente, le había dado instrucciones a su hermanito en más de una ocasión sobre lo que tenía que hacer para dejar a una chica sin sentir culpabilidad alguna. ¿Cómo había podido ser tan estúpida para pensar que podría hacerle entender? Lo peor de todo aquello era que se había colocado en una situación muy vulnerable.

Los ojos se le llenaron de lágrimas. Prefería escalar el Himalaya en medio de un temporal de nieve que sucumbir una vez más al magnetismo de Devlin Stone.

–Siento haberte hecho perder el tiempo –dijo poniéndose de pie. Recogió tranquilamente su bolso a pesar de lo mucho que le temblaban las piernas–, pero estoy segura de que lo sentiré aún más por Sabrina.

Devlin descartó inmediatamente la abrumadora necesidad de agarrar a Eden por el brazo y hacer que volviera a sentarse. Ella era la que había querido quedar con él. Él estaba allí para hablar. Sin embargo, diez minutos después de reunirse de nuevo con Eden Foley, la mujer más exquisita y más exasperante que había conocido nunca, veía cómo ella le dejaba plantado.

Una vez más.

Eden quería que él se entrometiera en los asuntos de su hermano. Que le dijera a Nate con quién debía o no debía salir. No quería darse cuenta de que Sabrina y Nate eran adultos, con la edad suficiente para tomar sus propias decisiones, tanto si a Eden le gustaba como si no.

A pesar de no ser una mujer muy corpulenta, le gustaba mucho mandar.

El camarero apareció en aquel momento y comenzó a servir el champán. Devlin dio un trago casi sin saborearlo. No hacía más que pensar en Eden, en la pasión que había visto reflejada en aquellos ojos verdes...

El vientre se le revolvió cuando, al mirar por hacia la calle vio a Eden, con aquel vestido color crema y negro, tenía un aspecto delicioso. Levantó el brazo para tratar de parar un taxi, pero el vehículo no se detuvo. Sin duda, otro lo haría muy pronto. En pocos minutos, ella volvería a estar fuera de su vida.

Una vez más.

Gruñó. Entonces, dejó la copa sobre la mesa y se dirigió rápidamente hacia la salida. Al pasar por el mostrador de recepción, dejó suficiente dinero para pagar la cuenta.

Maldita sea, ¿qué era lo que tenía aquella mujer? ¿Una figura excepcional? ¿Un agudo ingenio? ¿Un maravilloso cabello rubio?

Sí, sí y sí.

Y también algo más. Algo que corroía a Devlin cuando se despertaba y pensaba en ella.

¿Tal vez la necesidad de domarla?

Recogió su chaqueta del ropero, se la echó sobre los hombros y salió por fin a la calle.

No. La sumisión no era el premio que buscaba. Jamás había sentido deseo alguno de domar a ninguna mujer. Solo quería disfrutarlas. Mimarlas. Años antes, el mundo le parecía lleno de atractivas posibilidades. Entonces, su empresa petrolífera despegó y él conoció a Eden, una mujer que poseía las semillas contradictorias de una inocencia natural y de una misteriosa tentación. Una combinación curiosa y adictiva.

El día anterior, cuando su secretaria le dijo que Eden Foley quería hablar con él por teléfono, sintió que las palmas de las manos se le cubrían de sudor. Aceptó la invitación de Eden y se pasó una noche de insomnio pensando en su encuentro.

Salió al exterior y aspiró profundamente el fresco aire. Los truenos empezaron a rugir en el cielo.

Vio que Eden seguía en el bordillo de la acera, tratando de conseguir que se detuviera algún taxi.

Había llegado el momento de enfrentarse a los hechos. El recuerdo de aquella mujer aún lo tenía obsesionado y eso era algo que no podía aceptar. Sin embargo, había un remedio, una respuesta sencilla a una pregunta sencilla. Cuando la tuviera, podría dejar en el pasado aquel fantasma y olvidarse de Eden Foley para siempre.

Se detuvo al lado de ella y, con las manos en los bolsillos, se limitó a observar el tráfico.

–Hay mucho jaleo para ser sábado.

Ella se tensó al escuchar su voz, pero no se volvió a mirarlo.

–Mucho menos que antes. Veo que la grua se ha llevado tu coche.

Devlin sacudió la cabeza sin comprender.

–¿Te refieres al BMW con el parabrisas destroza-do? Bonito coche, pero no es mío.

–Devlin, vi cómo esa mujer golpeaba el capó. Te vi apareciendo de repente y quitándole el bate de las manos. Por supuesto que era tu coche.

–Supongo que simplemente estaba en el lugar equivocado en el momento equivocado. Había niños en la acera. Alguien tenía que detenerla. Ojalá hubie-ra sabido que ya venía la policía. Me habría evitado muchos problemas.

La expresión del rostro de Eden cambió de repen-te. Pasó de expresar desinterés y molestia a tenue com-prensión.

–¿No la conocías?

–¿Acaso crees que tengo una prima loca en la fami-lia?

–No una prima precisamente...

En aquel instante, Devlin comprendió a lo que Eden se refería.

–¡Venga ya, Eden! ¿Creíste que aquella mujer y yo éramos pareja?

–Todo parecía encajar –admitió ella confusa.

Mientras escuchaba las palabras de Eden, Devlin sintió una gruesa gota de lluvia en la nariz. Al mismo tiempo, el aroma terrenal de la lluvia surgió del ce-mento. Miró hacia el cielo y, un instante después, este pareció abrirse.

Eden lanzó un grito y se encorvó para protegerse mientras caía una lluvia gélida sobre la acera. Devlin la tomó entre sus brazos y tiró de la chaqueta que llevaba sobre los hombros para colocarla encima de las cabezas de ambos mientras se dirigía con ella hacia un pequeño repecho del edificio más cercano para protegerse. Aunque era efectivamente muy pequeño, había sitio para dos.

–¡Estoy empapada! –aulló ella mientras Devlin retiraba la chaqueta.

–No es nada de importancia. Ya te secarás.

–Pero eso no evitará que tenga que tirar este vestido a la basura. Es de lana virgen, solo se puede limpiar en seco. Iba a aparecer en mi escaparate el lunes por la mañana. Cientos de dólares, y de pedidos, al garete.

Devlin sabía que ella era dueña de una boutique. Por lo que había oído en fiestas varias, Tentaciones se había hecho una buena reputación por su elegancia. Efectivamente, aquel vestido era muy bonito, aunque estuviera empapado. Elegante, pero sexy, muy lejos de los ceñidos vaqueros que ella llevaba, y que a él tanto le gustaban, cuando se conocieron.

Eden se echó a temblar a su lado. Instintivamente, él la abrazó para hacerla entrar en calor.

–Tienes frío.

–Tiemblo cuando estoy furiosa –replicó ella apartándose de él.

–Las cosas podrían ser aún peor.

Eden se apretó contra la pared y volvió a cruzarse de brazos.

–¡Venga ya! ¿Desde cuándo estás tan amargada?

–Desde que tu hermano comenzó a salir con mi hermana. Y, antes de que empieces, ya me has dejado muy clara tu postura en ese asunto. Preferiría no volver a hablar de ello.

Eden tenía razón. No había nada más de lo que hablar. Sin embargo, tal y como estaban en aquellos momentos, confinados en aquel pequeño refugio, le pareció que era un momento ideal para hablar de otro asunto del que deberían haber hablado hacía mucho tiempo.

Se apoyó contra la pared con la chaqueta entre las manos y observó la cortina de lluvia que estaba cayendo.

–Eden, ¿por qué no devolviste mis llamadas?

–¿Me llamaste ayer?

–Me refiero a hace tres años.

–Sé que te va a sorprender –afirmó ella–, pero no todas las mujeres están dispuestas a esperar a ver cómo cae el telón.

Devlin se apartó de la pared.

–¿Me estás diciendo que me dejaste antes de que yo pudiera dejarte a ti?

–Te marchaste al Reino Unido aquella última mañana sin despedirte.

–Estabas dormida. No quería despertarte.

–Tampoco me llamaste cuando aterrizaste.

–No sabía que tenía que facturar otra vez.

–Tomaste otro vuelo a Escocia y te montaste en un barco que naufragó en las aguas heladas del Mar del Norte.

–Mira, comprendo que estuvieras preocupada. Te llamé en cuanto pude.

–¡El accidente salió en las noticias, Devlin! Yo no era capaz de hablar con nadie que pudiera decirme algo. Me volví loca de preocupación. Cuando por fin pude hablar contigo, lo único que se te ocurrió decirme era que mi reacción era exagerada –le espetó ella.

–No murió nadie –le recordó él–. Yo estaba perfectamente.

–¿Igual que lo estás cuando vuelan tus ultraligeros?

–Es un pasatiempo que me gusta –replicó él, algo molesto.

–¿Igual que lo estarás cuando escales por fin la cara norte del Eiger?

–Eso era una broma... –dijo él. Al menos, lo sería hasta que tuviera más experiencia en la escalada de los Alpes.

–¿Igual que lo estás cuando... cuando... cuando te peleas con lunáticas en la calle? –le preguntó ella mientras señalaba la lluvia con frustración.

–Eden, por favor...

–No te escondes del peligro, del riesgo ni de la aventura –añadió ella–. Yo, por otro lado, gozo con tonterías como la seguridad y la previsibilidad. Estuvo bien mientras duró, Devlin. De verdad, pero, seamos claros... Yo no te resultaba excitante. Nos habíamos distanciado antes de que tú te marcharas a Escocia aquel día.

El dolor y la ira que se reflejaban en los ojos de Eden desaparecieron cuando la resignación cubrió de nuevo su rostro como si fuera una máscara. Contuvo el aliento y, como si hubieran estado hablando del tiempo, miró hacia el cielo.

–Creo que está dejando de llover.

–No hemos terminado.

–Terminamos hace tres años.

Devlin la miró atentamente. Parecía haber recuperado la tranquilidad, pero su rostro la delataba. Siempre se habían entendido muy bien. Se habían reído sobre las mismas cosas, le gustaba la misma comida y disfrutaban de la misma música. En la cama eran explosivos y, sobre lo de estar distanciados antes de que él se marchara...

Había habido un episodio... Una mañana, Eden estaba sentada en la cocina de Devlin, vestida con una camiseta de él y unas zapatillas rosas, hojeando un catálogo de joyas. Había levantado la mirada y se había colocado un mechón de cabello detrás de la oreja. Entonces, le había dedicado a Devlin aquella sonrisa angelical, con la que parecía sugerirle que la llevara a la cama. Si ella hubiera estado mirando collares, pendientes, pulseras, o cualquier otra cosa en aquel catálogo... Pero estaba mirando anillos de diamantes.

Devlin se sobresaltó cuando un teléfono comenzó a pitar. Al mismo tiempo que Eden sacaba el suyo, la Blackberry de él sonó también. Mientras escuchaba un mensaje en su buzón de voz, Eden leía un mensaje de texto. Entonces, vio que ella se guardaba cuidadosamente el teléfono.

–Ese mensaje era de Sabrina –murmuró–. Quiere que me reúna con ella.

–El mío era de Nate. Me ha dicho lo mismo.

–¿Quiere que te reúnas con él en un hotel? –le preguntó.

Nombró el hotel y la dirección. Devlin asintió.

–Nate me dijo que tenía que darme una noticia muy importante.

Eden palideció visiblemente.

–¿Crees que han hecho alguna tontería?

–¿Como casarse?

–Como quedarse embarazados, más bien.

Devlin sintió que el alma se le caía a los pies. Dada la historia familiar de los hermanos, una boda rápida no parecía probable. El matrimonio no era una de las prioridades de la agenda personal de Devlin. Sin embargo, si Nate había decidido casase después de tan solo seis semanas, aquella decisión sería fatal. Si las cosas salían mal, por supuesto que podían divorciarse. Sin embargo, si Nate había dejado embarazada a Sabrina, era una cosa completamente diferente. En lo que se refería a la responsabilidad y al deber, los que estaban relacionados con un niño eran sagrados. Un hombre tenía que proteger a la carne de su carne. Nate lo comprendería.

Utilizando de nuevo la chaqueta como improvisado paraguas, Devlin salió del repecho y se lanzó hacia el bordillo para detener un taxi que pasaba. Ella se reunió rápidamente con él, salpicando el agua que pisaba al correr por los charcos.

Cuando él abrió la puerta, Eden dudó. Tenía el cabello pegado a la cabeza y las pestañas completamente mojadas. El vestido parecía estar encogiendo ante sus ojos.

–Tal vez yo debería tomar el siguiente –dijo ella.

Devlin arrojó la chaqueta al asiento trasero del taxi y la miró fijamente.

–Se me ocurre algo mejor. ¿Qué te parece si terminamos con esto de una vez por todas?

Ella frunció el ceño. La lluvia le caía por el rostro.

—No sé a qué te refieres.

—Yo creo que sí.

—Tú crees que lo sabes todo.

—Digamos que estoy en ello.

Devlin se acercó a ella, la tomó entre sus brazos y, antes de que ella pudiera oponerse, la besó. Profunda y apasionadamente, sin piedad alguna. No tardó mucho en obtener respuesta.

Eden se tensó y se echó a temblar.

Entonces, le devolvió el beso.

Capítulo Dos

Sentir cómo la boca de Devlin se movía encima de la suya surtió en Eden el mismo efecto de un desfibrilador que tratara de hacer latir de nuevo un corazón parado.

Eden sabía que estaban sobre la acera, en medio de un aguacero en el centro de Sídney. Sin embargo, el recuerdo de todo lo ocurrido antes se había vuelto borroso, casi como si estuviera envuelto en bruma. Lo único que sabía, y que quería saber, era cómo la sangre le bombeaba por las venas y las llamas parecían saltar del cuerpo de él al de ella.

Mientras las enormes manos de Devlin le moldeaban los hombros hasta llegar al mojado rostro para enmarcárselo, se sintió incapaz de contenerse. Le agarró la mojada camisa al tiempo que el deseo se apoderaba de ella.

Devlin le colocó una mano sobre la nuca y, suavemente, le tiró del cabello hasta que consiguió que ella abriera la boca un poco más. Entonces, profundizó el beso y se acercó más a ella. Cuando el firme deseo se le apretó contra el vientre, este pareció vibrarle de ardiente deseo. Tres años sin sus caricias... Tantas noches pasadas en solitario...

Las manos de Devlin se detuvieron por fin al final

de la espalda. No obstante, no dejaba de enredarle la lengua con la suya, lo que excitaba a Eden aún más. Cuando él emitió un gruñido de satisfacción, las dudas parecieron apoderarse de ella. Una única palabra pareció atravesar aquella bruma. No quería escuchar, pero la oyó de todos modos.

Peligro.

Le agarró con fuerza una vez más antes de apartarse de él. Había estado enamorada de Devlin, pero al menos se había marchado de su lado con la dignidad intacta.

¿Dónde estaba su dignidad en aquellos momentos?

Él no quería reconocer que, tres años atrás, se había cansado de ella. Ciertamente tampoco reconocería por qué la había besado en aquel instante. Aquel beso en público no era más que una demostración. Seduciéndola allí mismo, conseguía reclamar una porción del poder que había perdido cuando ella terminó con la relación.

Devlin odiaba perder, incluso con alguien de quien se había cansado.

—Tomaré este taxi contigo —dijo ella con un hilo de voz—, pero si me vuelves a tocar, siquiera un dedo...

—¿Qué, Eden? —le preguntó él.

—Cuando conozca a tu hermano, haré lo que quería hacer desde el principio: decirle exactamente lo que pienso.

Devlin la miró fijamente. No estaba escuchando. ¿Era su imaginación o había vuelto a acercarse? Tenía que alejarse inmediatamente.

Eden se aferró al único arma que se le ocurrió.

–Devlin, si intentas volver a besarme, te juro que no solo le diré a tu hermano que es un mocoso que solo busca su propio placer y un playboy reconvertido en asalta cunas, sino que lo haré delante de todas las cámaras que pueda. Si lo hago lo suficientemente alto, podría incluso conseguir algunas demandas de paternidad.

–¿De verdad serías capaz de exponer su relación a los periodistas? ¿Harías daño a tu hermana de esa manera?

–Te equivocas. No quiero ver sufriendo a nadie de esa manera, y mucho menos a mi hermana.

Eden se zafó de él y se metió en el taxi. Devlin la siguió y cerró la puerta. Entonces, le dio la dirección al taxista.

Ella no protestó cuando Devlin se ocupó de pagar la carrera. Se dirigió directamente al opulento vestíbulo del hotel. Él no tardó en alcanzarla y, cuando llegaron al mostrador de la recepción, Eden dejó que él se encargara de hacer las preguntas pertinentes.

La rubia recepcionista, ataviada con un uniforme verde oliva, pareció encantada de poder atenderle.

–¿En qué puedo ayudarle, señor?

–Póngame con la habitación de Nathan Stone.

–¿Es usted Devlin Stone? –le preguntó la mujer. Cuando él asintió, le entregó una llave de tarjeta–. El otro señor Stone me pidió que le diera a usted acceso a su suite.

Devlin tomó la tarjeta y le dio las gracias. Eden lo siguió hasta los ascensores. Mientras subían hasta el último piso, Devlin decidió romper el silencio.

–Te pido que, digan lo que digan, no montes una escena –le dijo con un tono de voz frío.

–Me mostraré más fresca que una lechuga –replicó ella, aunque distaba mucho de sentirse así–. Si están casados o embarazados, les daré todo mi apoyo –añadió. Aunque tenía miedo, estaba dispuesta aceptar lo que fuera.

–Sin embargo, eso no significa que estés contenta.

–Quiero que mi hermana sea feliz y sigo sin estar convencida de que Nathan Stone pueda conseguir que así sea.

–Lo estás condenando antes de juzgarlo.

–De eso ya se han encargado muy bien los periodistas.

El gruñido de protesta que soltó resonó en las paredes del ascensor.

–Los *paparazzi* solo buscan sensacionalismo. Si no lo encuentran, se lo inventan. Un hombre joven y rico es un objetivo de primera clase, tal y como tú ya has dejado muy claro.

Las puertas del ascensor se abrieron. Eden salió delante de él.

–¡Pobrecitos ricos y famosos! ¡Qué cargas tienen que soportar! –exclamó.

Con gran rapidez, Devlin la adelantó y se colocó delante de ella. Sus ojos oscuros la miraban con desaprobación.

–Estás enfadada conmigo por haberte besado –le dijo–. No lamento haberlo hecho ni voy a negar que me gustaría volverlo a hacer, pero sospecho que se debe más bien a la adrenalina que a ninguna clase de encanto por tu parte. Sin embargo, deja que te asegure que no volveré a tocarte. Yo ya tengo mi respuesta, así que puedes dejarte a un lado esa actitud que tienes.

–¿Tu respuesta?

–Me has convencido, ¿de acuerdo? Siempre me lo había preguntado, pero ocurriera como ocurriera y fueran cuales fueran las razones, acepto que tú fueras la que me dejaras. Caso cerrado.

Con eso, Devlin se dio la vuelta, se quitó la corbata y llamó al timbre de la puerta de la suite. Al ver que nadie abría, llamó con los nudillos sobre la puerta. Como seguía sin obtener respuesta, metió la tarjeta en la ranura y empujó la puerta.

–Nate, ¿estás aquí?

Eden entró tras él. El aire acondicionado de la suite estaba tan fuerte que ella sintió que le castañeaban los dientes y recordó que aún tenía la ropa empapada.

–Sabrina, cielo. Soy Eden, ¿dónde estás?

Devlin examinó el salón y, entonces, se dirigió a una mesa de la que tomó una nota que estaba apoyada contra un jarrón. Cuando bajó la mano y puso mala cara, Eden se acercó a él corriendo.

–¿De qué se trata? –le preguntó–. ¿Qué es lo que dice esa nota?

–Han tenido que salir –respondió mientras se metía la corbata en el bolsillo–. Regresarán a las cinco.

Eden se agarró a la mesa.

–Para eso faltan dos horas. ¿Y qué se supone que tenemos que hacer nosotros hasta entonces?

–Esperemos que no matarnos el uno al otro.

Los dos debían de haber tenido el mismo pensamiento. Sacaron a la vez lo teléfonos móviles para llamar a sus hermanos y ver si ponían regresar antes. Los dos marcaron y, después de unos segundos, cortaron la llamada.

–El teléfono de Sabrina está apagado –dijo ella.

–Y el de Nathan.

–Nos podríamos marchar de aquí y regresar a las cinco.

Devlin dejó su teléfono y su cartera encima de la mesa y se dirigió hacia una puerta.

–Tú haz lo quieras.

Eden dio automáticamente un paso adelante.

–¿Adónde vas?

–A darme una ducha de agua caliente, a enviar mi ropa para que me la limpien y luego a esperar a que llegue mi hermano.

Eden no sabía qué hacer. Necesitaba estar presente para apoyar a su hermana. ¿Y si Sabrina estaba embarazada y la reacción de Nathan a la noticia no había sido todo lo buena que cabía esperar? ¿Y si Nathan le había pedido a Sabrina que se casara con él y ella quería la bendición, o el consejo, de su hermana?

No le apetecía en absoluto quedarse a solas con Devlin, pero, ¿qué opciones tenía?

Se apoyó sobre la mesa una vez más y se quitó un zapato. Entonces, miró a su alrededor.

–Es una suite muy grande. No tenemos por qué estar juntos.

Devlin se dio la vuelta para mirarla. Su sonrisa era una combinación de descarado *sex appeal* y hielo puro.

–Puedes estar tranquila, Eden. Yo mismo me ocuparé de que así sea.

Entonces, cerró de un golpe seco la puerta del dormitorio.

En el interior del enorme dormitorio de la suite, Devlin se mesó el cabello con ambas manos. ¡Maldita sea! Eden seguía atrayéndole profundamente a pesar de lo que había dicho de los periodistas. Quería lo mejor para su hermana, pero no era una mujer sin escrúpulos. Tanto si se creía como si no los artículos que presentaban a Nathan como un playboy empedernido, no iba a echarle a los reporteros encima tan solo porque Devlin se hubiera excedido y hubiera ido directamente al quid de la cuestión. ¿O acaso se olvidaba Eden de que ella le había devuelto el beso?

Frunció el ceño y se quitó un gemelo.

¡Vaya si le había devuelto el beso!

Aquello solo podía significar una cosa. Eden se seguía sintiendo atraída por él, al menos físicamente. Tres años atrás, no había respondido a sus llamadas, pero no porque no hubiera querido hacerlo. Había visto lo que iba a pasar y había decidido marcharse antes de que lo hiciera él.

Se desabrochó la camisa y se sentó en la cama para quitarse los zapatos.

Se había equivocado. Él no había estado a punto de dejarla, aunque sí había pensado enfriar las cosas un poco. Después de los anillos de diamantes… él no estaba preparado para presentarse ante el altar.

Esa postura no había cambiado desde entonces.

Su padre se había casado demasiado pronto y jamás había aceptado su estatus de hombre de familia. Devlin no había comprendido por aquel entonces por qué su padre trabajaba hasta tan tarde en la oficina.

Devlin pensaba que su madre era la mujer más hermosa de la tierra. ¿Quién habría podido culpar a su padre por casarse con ella tan precipitadamente? Era un ángel de cálida y deliciosa sonrisa.

Cuando llegó Nate, los dos niños se hacían compañía mientras que su madre se pasaba más y más tiempo sola, normalmente en una habitación casi a oscuras, aquejada constantemente de migrañas.

Devlin se quitó la camisa.

Su padre no solo se había precipitado al casarse, sino que, en realidad, no debería haberse casado.

Sin embargo, el pasado era pasado. Tomó el teléfono que había sobre la mesilla de noche y marcó el número de la lavandería. Nate y él jamás habían hablado de su infancia, aunque su hermano debía haber sentido la misma sensación que él. Por eso, si la reunión de aquella tarde tenía que ver con un matrimonio rápido, no lo comprendía.

Tras haber organizado que fueran a recogerle la ropa para limpiársela, Devlin se quitó los pantalones y se dio una revitalizadora ducha durante cinco minutos. Se estaba colocando una toalla alrededor de las caderas cuando sonó el timbre de la puerta principal. Metió la ropa mojada en la bolsa de la lavandería y salió del dormitorio para abrir.

–¡Un momento!

Al escuchar la voz de Eden, se giró. Lo que vio le aceleró el pulso. La diminuta Eden envuelta en un enorme albornoz, con una toalla colocada a modo de turbante sobre el cabello. Las piernas desnudas revelaban una piel bronceada y suave como la seda. Cada una de las uñas de los dedos de los pies, perfectas, estaba pintada de rojo. Se había quitado el maquillaje y, cuando la mirada de Devlin se detuvo en sus labios, ella se los lamió. Devlin podría haber jurado que acababa de saborear la misma miel que había probado aquella misma tarde bajo la lluvia.

Eden, que estaba descalza sobre la gruesa moqueta, le ofreció su propia bolsa para la lavandería.

–Aquí tienes la mía –dijo. Esperó a que él reaccionara y luego inclinó ligeramente la cabeza a un lado–. Devlin, ¿vas a ir a abrir la puerta?

Él no podía apartarle la mirada de los labios. Solo con verla, parecía haberse despertado su imaginación.

Tomó la bolsa que ella le ofrecía y abrió la puerta. Tenían que recuperar su ropa lo antes posible.

Un botones tomó las dos bolsas.

–¿Para cuándo las quiere, señor?

–Dentro de cinco minutos –replicó Devlin.

–Señor, no estoy seguro de que... –dijo el botones muy asustado.

–Se refiere a todo lo rápido que sea humanamente posible –le explicó Eden.

El botones sonrió con nerviosismo.

–¿Le parece bien dentro de una hora, señora?

–Perfecto –replicó ella. Entonces, se acercó y cerró la puerta.

Volvían a estar solos. Se miraron presa de una energía eléctrica que parecía restallar entre ambos. Eden se arrebujó un poco más el albornoz sobre el cuerpo. Se apretó con fuerza el cinturón.

–Si te lo aprietas más, te cortarás la circulación –le dijo él mientras se alejaba de la puerta.

–Al menos no estoy pavoneándome por toda la suite exhibiendo mi torso desnudo.

Devlin se cruzó de brazos, haciendo destacar así aún más sus pectorales y se dio la vuelta.

–¿Te molesta mi cuerpo?

El juego favorito de Eden era deslizarle la punta de la lengua sobre el centro del torso hasta llegarle al ombligo. Allí, lo rodeaba trazando una húmeda línea a su alrededor y volvía a subir para hacer lo mismo con cada uno de los pezones. Eso volvía loco a Devlin, quien terminaba por tumbarse encima de ella. Entonces, le tocaba a él jugar.

Tal vez Eden le leyó los pensamientos porque las mejillas se le sonrojaron y dio un paso atrás.

–Te aseguro que podrías andar completamente desnudo por toda la suite sin que a mí me importara en absoluto.

–¡Qué segura estás!

–No me voy a dignar ni a responderte.

–En ese caso, tal vez debamos poner a prueba esa aseveración.

Eden dio un paso atrás. El miedo y el deseo se le dibujaron en los ojos.

–Te he advertido, Devlin. No intentes ponerme nerviosa.

Devlin sonrió.

–Nerviosa no es precisamente la palabra que se me hubiera ocurrido a mí.

Después de pasar a su lado, Devlin se contuvo para no reaccionar y cerró los ojos. Eden lo estaba volviendo a hacer, pero ni siquiera se estaba esforzando. No obstante, por muy fuerte que fuera la atracción, el sexo estaba descartado. Habían fracasado una vez. Ninguno de los dos quería repetir la historia. Los anillos de diamantes y Devlin Stone no podían caminar juntos. Desgraciadamente, estaban en aquella suite, solos, hasta que Nate y Sabrina llegaran.

A mitad de camino hacia el dormitorio, a Devlin se le ocurrió de repente una cosa. ¿Y si la noticia que Nate quería darle no tenía que ver con el matrimonio o un embarazo, sino con un compromiso? Tendría que haber ensayos de boda, la ceremonia, discursos y jugar a las familias felices. Eso significaría que Eden y él tendrían que guardar los guantes de boxeo durante mucho tiempo, aunque la tregua solo fuera fingida.

Aquella proximidad forzada podría solo ser el principio.

Se frotó el dolor que tenía en la sien y se inclinó hacia ella.

–Eden, tengo una propuesta que hacerte.

–Si implicar jugar al *strip poker* hasta que lleguen nuestros hermanos, no cuentes conmigo –le respondió ella mientras observaba la maravillosa vista de Sídney que se dominaba desde allí.

–Lo del *strip poker* no se me había ocurrido –replicó él. Aunque después de que ella lo mencionara... Apartó la idea y se aclaró la garganta–. Quiero decirte algo, algo que les interesa principalmente a tu hermana y a mi hermano.

–Tú dirás –dijo ella mientras se volvía con cautela para mirarlo.

–Sea lo que sea lo que se nos viene encima, tenemos que apoyarlos.

Después de pensarlo durante un momento, Eden se quitó la toalla de la cabeza y suspiró.

–De acuerdo.

–Y no parecerá que los apoyamos mucho si no nos podemos hablar sin tratar de agredirnos el uno al otro.

Eden comenzó a peinarse el cabello y dejó la toalla sobre una silla.

–Supongo que no.

–Al menos, deberíamos tratar de llevarnos bien por Sabrina y Nate. No creo que sea tan difícil. Somos dos adultos maduros.

–Bueno, yo sí –replicó ella–. Lo siento, tienes razón. Esto no puede ser –añadió. Entonces, esbozó una valiente sonrisa–. Estoy más que dispuesta a dejar a un lado nuestras diferencias y a ser amable contigo por ellos.

Devlin suspiró aliviado y extendió una mano.

–¿Trato hecho?

–Trato hecho –contestó Eden dando un paso hacia delante.

Él le tomó la mano. Entonces, sintió una descarga eléctrica. Los ojos de Eden reflejaron sorpresa y, además, contuvo audiblemente el aliento. Parecía que los dedos de ambos se habían fundido, pero Devlin sabía que si no la soltaba pronto los dos estarían metidos en un buen lío.

Si no supiera que habría repercusiones en el futuro, y si no supiera que se lamentaría, le haría el amor a Eden sin pensárselo. Sin embargo, si por un milagro ella accedía y satisfacía aquel impetuoso apetito sexual, no merecería la pena hacerlo por los problemas que supondría.

¿O sí?

Un impulso primitivo e inconsciente se apoderó de él antes de soltarle los dedos. Necesitaba ponerlos en alguna parte, por lo que intentó meterse las manos en los bolsillos.

Entonces, miró hacia abajo.

Desgraciadamente, no llevaba puestos los pantalones. En realidad, ni Eden ni él llevaban ropa puesta. Una toalla y un albornoz. Aquello era lo único que se interponía entre aquella mujer y él.

Se frotó la nuca y miró a su alrededor. Necesitaba una copa.

Se acercó al bar y tomó un par de copas de una estantería que colgaba sobre la barra.

–¿Te apetece una copa?

–Sí, gracias, Devlin.

Él abrió el frigorífico y sacó el champán. Entonces, sirvió y recordó que, mucho tiempo atrás, el champán había sido la bebida preferida de ambos. Eden solía meter una fresa en la copa y, cuando las burbujas desaparecían, la compartía con él. Devlin se metía la fruta en la boca, chupaba el néctar de los dedos de Eden y le limpiaba el dulce zumo que se le había quedado a ella en los labios con un beso...

–Ha dejado de llover.

–Sí. Y hay un arcoíris.

–Muy bonito...

–¿Sabías que todos los colores del arcoíris son el resultado de la refracción de la luz en las gotas de lluvia?

–Es una manera muy científica de mirarlo –le dijo ella. Entonces, se dio cuenta de lo que acababa de decir y se corrigió–. Lo que quiero decir es que yo siempre he mirado el arcoíris de una manera mágica en vez de científica.

Devlin sonrió y soltó una suave carcajada. Eden se estaba esforzando mucho. Estaba haciéndolo por su hermana. Apartó la mirada del cielo y se centró en la imagen igualmente maravillosa de la mujer que estaba a su lado.

Sintió que el corazón se le encogía en el pecho.

No había duda. Eden era incluso más hermosa de lo que recordaba.

–¿Crees en la magia? –le preguntó.

Eden se concentró en el arcoíris y dudó un instante antes de responder.

–Claro. ¿Por qué no?

–En ese caso, creerás que hay un tesoro en cada uno de los extremos del arco iris.

Ella frunció el ceño y tragó saliva antes de murmurar su respuesta tan suavemente que Devlin casi no pudo escuchar la respuesta.

–Lo creí en una ocasión.

Capítulo Tres

Eden se sonrojó y sintió que el alma se le caía a los pies. «Muy bien, Eden. La próxima vez trata de sonar más nostálgica y patética».

Sin embargo, en vez de comentar nada, Devlin volvió a centrar su atención en la maravillosa vista.

A pesar de todo, no se podía negar la tensión que había entre ellos. Tórrida, viva, pero diferente en aquella ocasión. Era diferente cuando se tocaban. En aquella ocasión, era más bien una rápida y cálida corriente que los rodeaba, despertando recuerdos de lo que en el pasado habían compartido. Lo que habían dejado escapar.

Si seguía por aquel camino, no tardaría en convencerse de que Devlin la había amado.

De repente, Devlin se bebió el resto de su copa y se alejó de ella. Fue casi como si supiera lo que ella estaba pensando.

–Hace mucho calor aquí.

La suite, que al entrar les había parecido gélida, parecía efectivamente estar calentándose más y más, a pesar de los esfuerzos de ambos por mantener baja la temperatura. El sexo, por muy especial e inolvidable que pudiera ser, no era la respuesta. Entonces, ¿por qué no podía apartar la mirada de la amplia espalda de

Devlin cuando se alejaba de su lado? ¿Por qué se imaginaba su boca deslizándose sobre la salada piel de él?

Apartó la mirada y se tomó la mitad de su copa. Habían probado a discutir, a ser amables. Tal vez había llegado el momento de levantar una muralla. De cortar la comunicación. De alejarse de Devlin y de su maravilloso magnetismo tanto como le pudiera permitir aquel maravilloso ático. No sería una grosería. Simplemente un comportamiento inteligente.

Después de buscar precipitadamente algo en lo que enfocar la mirada, encontró una revista. Se dirigió rápidamente a la mesita en la que se encontraba y se apoderó de ella. No se sentó en el sofá que estaba al lado de la mesita. No quería darle a Devlin la oportunidad de que se sentara con ella. Demasiada intimidad.

Miró hacia el balcón.

Con un albornoz, no.

¿Uno de los dos dormitorios?

Ni hablar.

Miró el suelo. La moqueta parecía estar bastante mullida. Se sentó en ella y se recostó contra el sofá. Tras cubrirse las piernas con el albornoz, se puso a leer una revista.

Devlin regresó al bar y se sirvió otra copa, pero la dejó intacta sobre la barra.

—Me muero de hambre. ¿Te apetece algo de comer?

—Bueno –respondió Eden encogiéndose de hombros–. Tomaré una ensalada.

Después de encargar la comida al servicio de habitaciones, Devlin se sentó.

Devlin se acercó un poco.

–¿Cuándo abriste tu boutique?

–Un mes después de... –se interrumpió en seco. No necesitaba volver a mencionar su ruptura otra vez–. Ya hace un par de años –añadió. En realidad, eran exactamente tres.

–Entonces, ese curso de diseño de modas te sirvió de algo.

Eden sonrió tristemente. En realidad, había conseguido un diploma avanzado en la Escuela de Diseño y Tecnología de Sídney.

–El curso de Empresariales que estoy haciendo ahora también me ayuda –le dijo–. Y también viajes a París, Milán y Nueva York.

–¡Vaya! Has viajado mucho.

–Si quiero competir con las mejores boutiques, tengo que hacerlo –afirmó ella. Aunque montarse en un avión fuera una batalla para ella, en especial cuando se trataba de largos vuelos internacionales. Las turbulencias le daban pánico. No había logrado superar su fobia.

–Pensaba que tenías miedo a volar.

–Volar en un avión es un riesgo necesario.

–Los riesgos reportan beneficios.

–Pero también pueden matar –repuso ella mirándolo por fin.

De hecho...

Volvió a enfrascarse en la lectura de la revista, pero, en ese mismo instante, el timbre comenzó a sonar.

–Ya está aquí la comida –dijo Devlin.

37

Observó cómo las increíbles piernas de Devlin se dirigían hacia la puerta. Cuando él se volvió con los platos en las manos, Eden volvió a bajar la mirada.

Devlin le llevó la comida al lugar en el que estaba sentada y, entonces, ella retiró la tapa y, al ver la colorida ensalada de higos, manzanas y nueces, sintió que se le despertaba el apetito. El aliño de yogur olía deliciosamente. Tenía más hambre de lo que había pensado.

Devlin se sentó en el sofá, con un plato que contenía un sándwich club con patatas fritas.

Eden contuvo el aliento. Tal vez deberían haberse sentado a la mesa... Sin embargo, Devlin parecía estar comportándose bien. Dado que había tenido el gesto de sentarse con ella, pero sin hacerlo demasiado cerca, levantarse en aquel momento para dirigirse a la mesa sería grosero e innecesario por su parte.

Después de unos minutos en los que los dos se limitaron a comer, Devlin se chupó los dedos y comentó:

—Eso tiene un aspecto... muy saludable. ¿Quieres una? —le preguntó mientras le ofrecía una patata frita.

—Prefiero los ingredientes naturales.

—Las patatas fritas también son naturales. Son patatas cocinadas con aceite, que también es natural, y aderezadas con sal natural. Y aún no te he hablado del sándwich.

Eden sonrió. Devlin tenía un buen sentido del humor, que ella había echado mucho de menos. Bajó la guardia un poco más y siguió con su ensalada. Entonces, tomó un poco de queso azul.

–El calcio de los productos lácteos como el queso es buenísimo para tener huesos fuertes.

–El queso mohoso y yo no hacemos buenas migas.

–Y la fruta es magnífica para tener una piel radiante –dijo mientras le ofrecía un trozo de manzana.

Entonces, recordó la fresa que solían compartir con el champán cuando salían juntos y estuvo a punto de retirar la mano, pero él ya se había inclinado hacia el tenedor.

–Piel radiante, ¿eh? ¡Cómo voy a resistirme!

Devlin se metió el trozo en la boca y, casi al mismo tiempo, se deslizó por el sofá para sentarse al lado de ella. Dejó su propio plato en el suelo y, cuando terminó de masticar, se lamió los labios.

–Muy bueno. ¿Y eso?

–Las nueces son muy ricas en vitaminas. Están deliciosas mezcladas con los cereales cuando te levantas de un salto de la cama por las mañanas.

–¿Y qué pasa si uno no quiere levantarse de un salto de la cama? ¿Y si quiere tomarse su tiempo?

Ella lo miró con desaprobación. Entonces, Devlin se encogió de hombros con aspecto ofendido.

–¿Qué? Solo estoy diciendo que me gusta levantarme con calma por las mañanas.

Eden se apartó un poco de él. Sabía muy bien lo mucho que a él le gustaba levantarse con calma.

Devlin dobló las rodillas y apoyó un antebrazo sobre una de ellas mientras empezaba a tomarse el sándwich. Cuando la toalla se le abrió un poco sobre el muslo, Eden sintió que se le hacía un nudo en la garganta.

¿Cómo iba a poder comer así?

Después de obligarse a comer un poco más, apartó el plato.

—Está deliciosa, pero yo estoy llena.

—Yo también —dijo él mientras se limpiaba los labios con una servilleta. Entonces, se inclinó para tomar un trozo de manzana de la ensalada de Eden—. ¿Te importa?

—No. Sería una tontería desperdiciarlo —contestó ella forzando una sonrisa. El corazón le latía a toda velocidad.

—Bueno, ¿qué hacemos ahora?

—Podríamos llamar a ver si ya está lista nuestra ropa.

Devlin se metió la manzana en la boca y comenzó a masticar lentamente. Parecía perdido en sus pensamientos, a pesar de que no hacía más que buscar la mirada de Eden.

—Eh, ¿te acuerdas de cuando...?

—Eso no es buena idea —le interrumpió ella.

—¿El qué no es buena idea?

—Recordar.

—Solo iba a decir... Tienes razón. No deberíamos recordar el pasado.

Sin embargo, había conseguido que ella se pusiera a pensar. ¿Iba él a mencionar el viaje que hicieron a Hunter Valley o la vez que fueron al partido de los Australian Rules? Eden no era muy aficionada a los deportes, pero se había sentido muy emocionada por el ambiente de excitación que la rodeaba y había aplaudido tanto como el resto de los aficionados y como

Devlin cuando su equipo ganó. ¿O cuando su todoterreno se había visto atrapado en la arena de una isla frente a Queensland? Al anochecer, Devlin había encendido un fuego. Cuando ella se mostró asustada por los ruidos de la noche, él la tomó entre sus brazos y le dijo con su profunda voz que no le iba a ocurrir nada.

–¿Por qué estás sonriendo?

Eden parpadeó y volvió al presente.

–¿Estaba sonriendo?

–Sí.

Entonces, Devlin sonrió también y Eden sintió que se quedaba sin respiración. Había pensado que era mejor no comunicarse. Le había advertido que no recordara, pero, sinceramente, ¿qué malo podía haber en hablar? Devlin sabía muy bien los límites que ella había puesto. Él mismo había puesto los suyos. Los dos habían acordado que era mejor no volver a cruzar los límites, por muy tentadora que pudiera resultar aquella perspectiva.

–Estaba pensando en la noche que pasamos en la isla –admitió ella–, cuando me daba miedo de los animales que pudiera haber en la oscuridad.

–Y no dormimos nada.

–Pero el fuego resultaba tan cálido y las estrellas tan brillantes...

–Cuando nos levantamos tú dijiste que querías pasar otra noche. Te convencí para que fuéramos a nadar al amanecer.

–El agua estaba muy fresca –comentó él con voz nostálgica–, por lo que, después de nadar, nos tumbamos en la arena.

41

Estiró los fuertes brazos como si estuviera haciendo aquello mismo en esos momentos. Eden se sintió también atrapada por aquel recuerdo y añadió:

–Nos quedamos tumbados allí, agotados después de pasar toda la noche sin dormir, hasta que las olas subieron con la marea y comenzaron a mojarnos los pies.

–Nos quedamos aquella noche y otra más.

–Y yo ya no tuve miedo.

En aquel momento, un torbellino de emociones pareció nacerle en el pecho. Abrumada, se mordió el labio y apartó la mirada.

Nunca antes se había cuestionado sobre Devlin. Sin embargo, por primera vez, tenía dudas... Se preguntó si se había precipitado al terminar con su relación. ¿Se habría equivocado al predecir cuál iba a ser el final? ¿Cómo era posible que algo tan sólido terminara por resquebrajarse con el tiempo en vez de hacerse más fuerte? Con todo su corazón, ella había creído que había encontrado al hombre de su vida. El hombre con el que estaría para siempre.

Sin embargo, no se había equivocado sobre la frialdad que se le había empezado a reflejar en los ojos, en las caricias, durante las dos últimas semanas que pasaron juntos. Al final, después de Escocia, casi había resultado más fácil admitir la verdad. Devlin no estaba programado para algo más duradero. Él establecía sus propias reglas. Vivía la vida a su manera. No era posible atarlo.

Cuando notó algo cálido y suave en la sien, un delicado beso, volvió a morderse el labio. Sintió que se deshacía por dentro mientras luchaba por negar el desesperado anhelo que le recorría las venas.

La profunda voz de Devlin le murmuró al oído:

–Sé lo que vas a decir, pero, volver a verte, estar aquí contigo ahora...

Ella cerró los ojos y sintió como si un puño le apretara el corazón. ¿Por qué hacer aquello? ¿Por qué no podía Devlin dejarla en paz?

Sacudió la cabeza y, temblando, mantuvo la mirada en la relativa seguridad del suelo.

–No, Devlin, yo no...

–¿No me has echado de menos? Yo creo que sí. Y yo te he echado de menos a ti, Eden. Tu modo de andar, tu manera de reír –añadió. Le deslizó la punta de la nariz sobre la mandíbula–. Tu olor...

Eden sintió que se encendía por dentro como si fuera estopa a la que se le hubiera aplicado una cerilla. Por suerte, encontró fuerzas suficientes para empujarlo y apartarlo de su lado. En realidad, aquello fue lo que le habría gustado hacer. Le hundió los dedos en la carne para aferrarse a él.

–Dije que no te volvería a besar, pero quiero... y mucho más de una vez.

El fuego terminó por consumir por completo a Eden. Tuvo que cerrar los ojos. La cabeza le daba vueltas. Cuando Devlin apretó los labios contra su frente, ella sintió que el pulso se le aceleraba aún más. La barbilla le acarició suavemente la mejilla y fue bajando a medida que él descendía hacia los labios.

–Estás temblando, Eden, pero no es de enfado...

Aquello era una agonía, un éxtasis.

¡Una locura!

—Esto... no puede ocurrir —susurró ella mientras comenzaba a entrelazarle los brazos alrededor del cuello.

—Recuérdame de nuevo por qué no —murmuró él mientras le mordisqueaba suavemente la oreja.

—Acostarnos juntos es la parte más fácil.

—Muy fácil...

—Pero no podemos estar juntos.

—Porque yo soy un canalla insensible y amante del peligro y tú eres... el paraíso.

—No soy lo suficientemente excitante para ti —musitó ella. Se sentía tensa y ardiente.

—Te aseguro que eres muy excitante. Jamás he dejado de desearte. ¿Es eso un pecado?

—Sí...

—Cuando te vi esta mañana, sentí deseos de raptarte o de hacerte el amor allí mismo. ¿Está eso mal?

Ella gimió suavemente y suspiró.

—Sí.

Devlin la obligó con mucho cuidado a mirarlo. Eden abrió los ojos y reconoció inmediatamente la seductora sonrisa de él.

—Eden, no haces más que decir que sí.

En realidad, Eden quería decir que no. Debía decir no. Sin embargo, cuando estaba a punto de hacerlo, los hábiles labios de Devlin le rozaban la mejilla y la boca. No podía seguir negándolo porque él debía de haber sentido cómo el corazón ansiaba decir la verdad.

«Sí, sí», susurraba aquel delator corazón.

Capítulo Cuatro

Eden miró los hipnóticos ojos azules de Devlin y, por segunda vez aquel día, cedió ante el innegable poder que representaba la promesa de sus besos. Cuando él le colocó la mano sobre el rostro, cerró los ojos y sintió cómo él se acercaba y le tocaba los labios con los suyos.

En vez de la hambrienta pasión con la que él la había besado en el exterior del restaurante, aquel fue una suave caricia, un anticipo de lo que aquella boca podía hacerle sentir si ella le daba la oportunidad.

Notó que la mano de Devlin abandonaba su rostro para ir a curvársele alrededor del cuello, enredándosele en el cabello aún mojado y sujetándole la cabeza a medida que los propósitos de él se hacían más claros.

Eden suspiró y separó los labios. La unión completa de las bocas de ambos la sorprendió, levantándola del suelo como si no fuera más que una marioneta entre sus manos. Con cuidado, Devlin la hizo tumbarse en el suelo y rompió el beso lo suficiente para poder mirarla a los ojos. Entonces, colocó un brazo por encima de la cabeza de ella y volvió a besarla. En esa ocasión, lo dio todo.

Aquello era más que deseo, más que necesidad. La lengua ansiaba enredarse con la de ella y el abrazo que compartían los unía de un modo más allá de lo físico. Su boca sabía más dulce de lo que recordaba y le parecía más excitante que lo que nunca hubiera soñado. Como en los viejos tiempos, los dos parecían vivir en su propio mundo maravilloso, centrados en disfrutar del momento.

Devlin colocó un muslo entre los de ella. El vello le hacía cosquillas en la delicada piel del interior del muslo. El corazón se le aceleró y la entrepierna se le puso más húmeda y caliente. Cuando separó las piernas, le rodeó el cuello con los brazos y se arqueó contra él. Necesitaba fundirse con su cuerpo.

A lo largo de los años, un rincón escondido de su mente había deseado aquel momento. El eufórico placer de sentir el cuerpo de Devlin apretado contra el suyo de aquella manera, la sensación en el vientre que crecía a cada instante, anticipando el momento en el que él la poseyera plenamente...

A medida que él fue subiendo la rodilla, la mano lo hacía por el costado de Eden, a través del abdomen y colándose entre los pliegues del albornoz, Eden se lo imaginó poseyéndola plenamente, hundiéndose en ella una y otra vez. Decidió que estar con Devlin en aquellos momentos sería un paraíso con el que nada se podría comparar. En cierto modo, disfrutar de aquella pasión no le parecía bien. Sin embargo, cualquiera que lo hubiera experimentado no se atrevería a recriminarle nada. ¿Quién podía culparla por aferrarse a aquel momento, rindiéndose al fuego, mientras esperaban a...?

Abrió los ojos inmediatamente, cortó el beso y se separó de él.

–¡Devlin, no podemos hacer esto!

Él le enmarcó el rostro entre las manos y la obligó a mirarlo.

–Eden, cariño, ya no podemos volver atrás.

Devlin le mordisqueó el labio inferior. Dejó que la lengua saboreara delicadamente la tierna carne antes de volver a poseerlos. Cuando comenzó a moverse encima de ella, el ardiente deseo se desató en una hoguera que parecía capaz de consumirla.

Sin embargo, aunque le costó mucho, le agarró por los hombros y consiguió hacerle retroceder.

–No podemos hacer el amor aquí, en la suite de Nathan y Sabrina. Y mucho menos en el suelo.

–Van a tardar mucho en regresar. Además, no tienen por qué saberlo.

Eden se zafó de él y consiguió sentarse. Entonces, juntó las rodillas y se arrebujó un poco más el albornoz.

–¿Y si llegan antes de lo esperado y nos encuentran aquí, así?

Devlin miró de repente hacia la puerta. Se imaginó lo que ocurriría si Nathan y Sabrina entraran en aquel momento. Entonces, asintió.

–Tienes razón. No estaría bien –dijo. Se puso de pie con la agilidad de un felino y la ayudó a ella a que hiciera lo mismo.

–¿Adónde vamos?

–¿Adónde crees tú?

Devlin se colocó delante de ella y le cubrió el trasero con las dos manos. Entonces, la pegó contra su cuerpo.

–Al dormitorio.

Eden se excitó aún más al sentir la erección por debajo de aquella toalla. Se quedó sin aliento imaginándose lo que él sería capaz de hacer entre las sábanas. Sin embargo...

–No podemos utilizar el dormitorio –le dijo.

–¿Qué quieres decir con eso de que no podemos utilizar el dormitorio? Para eso precisamente están los dormitorios.

–Es su dormitorio, no el nuestro.

–Claro, pero se te olvida que hay dos dormitorios. No pueden utilizar los dos, al menos, no al mismo tiempo.

–Supongo que no –susurró ella con una sonrisa.

Devlin le agarró la mano y la condujo hasta la puerta del dormitorio.

–El que yo utilicé para cambiarme parecía ser el principal. Usaremos este –dijo. Aquel era el que Eden había utilizado.

Antes de que ella pudiera responder, la estrechó de nuevo entre sus brazos. Entonces, la besó y los condujo a ambos al dormitorio de esta manera. Eden cayó de nuevo bajo el embrujo de Devlin. Se aferró a sus hombros y se dejó llevar. Entonces, como si acabara de recordar algo muy importante, él rompió el beso, la miró decididamente a los ojos, y apoyó la frente contra la de ella.

–¿Te he mencionado que te he echado de menos?

La voz de Devlin sonaba tan sincera que los ojos de Eden se llenaron de lágrimas. Le dedicó una débil sonrisa y admitió la verdad.

–Yo también te he echado de menos.

Las pupilas de los ojos de Devlin se dilataron aún más. Entonces, volvió a besarla. Empezó a moverse mucho más rápidamente, tirando ciegamente de ella, besándola apasionadamente. Se golpearon contra una mesa y luego contra una maceta. Cuando se chocaron contra el marco de la puerta, los dos se echaron a reír.

–Si seguimos así, cuando nos marchemos de esta suite, la habremos dejado destrozada y nosotros iremos cubiertos de hematomas.

Entonces, la tomó en brazos y avanzó hasta el centro del dormitorio, donde la depositó sobre el suelo como si fuera tan frágil como una figurita de cristal. A continuación, sin dejar de mirarla a los ojos, le quitó el albornoz de los hombros.

Eden cerró los ojos, echó la cabeza hacia atrás y se dejó llevar por el momento. Su piel, sus senos, parecían arder bajo la mirada de Devlin mientras el deseo se despertaba de nuevo e iba caldeándole suave y deliciosamente en el interior. La esperaba un gozo sin límites, la clase de paraíso que no había esperado volver a visitar.

Devlin estaba dispuesto para añadir combustible a aquellas llamas.

Sin embargo...

Ella lanzó su suspiro y abrió los ojos. Era inútil. Por mucho que lo intentara, por mucho que lo deseara, no podía apartarse del pensamiento la imagen de su hermana entrando por la puerta.

–Lo siento. Aquí tampoco me parece bien. No me puedo relajar. ¿Y si llaman a la puerta?

—Es su suite. Tendrán llave.

—Me refiero a que qué pasará si llaman a la puerta del dormitorio.

—¿Y por qué diablos iban a hacer algo así? —susurró él mientras comenzaba a besarle el cuello.

—Bueno, a mí no me parece tan descabellado. ¿Y si hemos elegido el dormitorio equivocado y entran sin saber que estamos aquí?

—Bueno, podemos echar el pestillo a la puerta.

Eden bajó la cabeza. ¿Por qué había tenido que dejar que todo aquello comenzara? No había sido buena idea. De hecho, era una idea malísima. No solo se estaba exponiendo a más sufrimiento, sino que se estaba arriesgando a perder el respeto de su hermana.

Se volvió a cubrir con el albornoz y se apartó de Devlin.

—Tal vez deberíamos olvidarnos de esto.

—¿Puedes tú olvidarte, Eden?

Ella sintió la intensa mirada de Devlin y se echó a temblar. Entonces, suspiró, sucumbiendo a fuerzas mayores que sus propias inseguridades.

—No.

—Yo tampoco. Se me ocurre una idea.

Eden miró por encima del hombro de él y dejó su negativa muy clara.

—La terraza está descartada.

—Es una pena, pero yo había pensado en el cuarto de baño.

Sin darle a Eden tiempo para pensarlo, le agarró la mano y la llevó a la otra habitación.

Había una enorme bañera. Casi todas las paredes

50

estaban revestidas de espejos. Las delicadas rosas rojas y los tallos de lavanda que adornaban unos jarrones de cristal contrastaban con las brillantes superficies de mármol negro.

Devlin echó el pestillo y volvió a tomarla entre sus brazos. En aquella ocasión, le colocó las manos en las caderas.

–¿Por dónde íbamos?

Cuando volvieron a besarse, él le agarró con fuerza el albornoz por la parte del cuello y tiró de él hasta que cayó al suelo. Eden se libró de la tensión nerviosa y decidió dejarse llevar.

Le agarró la toalla y se puso de puntillas para besarle.

–Podrían oírnos.

Devlin abrió la mampara de la ducha para dejar correr el agua. Una nube de delicado vapor comenzó a rodearlos.

–Ya está. Nadie oirá nada.

–Creerán que nos estamos dando una ducha juntos.

–Dame tiempo y podrían tener razón.

–Mira, no creo...

–Ya no vas a creer nada más –gruñó él–. Ni tampoco a seguir hablando –añadió.

Devlin le rodeó la cintura a Eden con las manos y la colocó sobre el mueble que contenía el lavabo. Temblando, ella se puso completamente recta. Los pezones se erguían, como ansiando el contacto, y el mármol le había puesto la piel de gallina.

–Está frío...

Por fin, Devlin bajó la cabeza y le acarició los senos con la boca, enredando la lengua en torno a cada uno de los pezones, mordisqueándoselos suavemente. El sentimiento se describía fácilmente. Se sentía como si se hubiera muerto y hubiera subido al cielo. Parecía que ella sentía también lo mismo porque, en un abrir y cerrar de ojos, se había relajado completamente.

Eden comenzó a entrelazarle los dedos entre el cabello, lo que provocó que él sonriera y volviera a pasarle la lengua.

–Supongo que te estás calentando.

Ella levantó la rodilla hasta que el interior del muslo rozó el hombro de Devlin.

–Sí, muy bien. Gracias...

Aquella afirmación excitó a Devlin aún más. Agarró la mano de ella y se la moldeó alrededor de su masculinidad. ¿Qué era lo que hacía que Eden fuera tan especial? ¿Tan necesaria?

–¿Ves lo que me haces?

Como respuesta, ella lo apretó suavemente hasta que logró sacarle un gemido de placer.

–Con este vapor, no puedo ver mucho –susurró ella mientras comenzaba a mover la mano arriba y abajo–, pero sí que puedo sentir. ¿Te parece que utilicemos esa alfombra tan mullida que hay ahí?

–Por el momento, esta postura me parece muy bien.

–Mientras no empiecen a darme calambres –comento ella, riendo.

–Deja que me ocupe de que no vuelvas a acordarte de donde estás sentada.

La respiración de Devlin se hizo más profunda. Los latidos del corazón se le aceleraron un poco más. Fue depositando húmedos y sugerentes besos entre los senos de Eden y fue bajando poco a poco hasta el vientre, tal y como ella siempre le había hecho a él. Cuando ella se relajó un poco y entreabrió los muslos, se colocó la pierna que ella había puesto más alta sobre el hombro. A continuación, decidió hacer lo mismo con la otra. Entonces, se arrodilló y comenzó a acariciar el suave vello con los pulgares hasta que lograron separar el valle de seda de los pliegues que lo ocultaban. Utilizó la punta de la nariz para estimular el centro de la feminidad de Eden, que había quedado al descubierto.

Ella contuvo el aliento y le agarró con fuerza el cabello.

Él rodeó aquel punto tan sensible con la punta de la lengua. Eden se echó a temblar de placer.

–Te necesito dentro de mí, Devlin –susurró–. Ahora mismo...

Devlin siguió masajeando y estimulándola con las manos y con la lengua. Cuando Eden volvió a hablar, su voz parecía embriagada y desesperada a la vez.

–No me estás escuchando.

–Estoy oyendo cada palabra que pronuncias. Quieres que esté dentro de ti.

–Sí, sí... levántame.

La lengua de Devlin trazó una profunda línea por el centro de su deseo. El sabor tan femenino se apoderó de él y, aunque se prometió que iba a prolongar cada paso todo lo que pudiera, ansiaba dejarse llevar.

La besó tierna, ansiosamente, profundamente... Eden se aferró con fuerza a ambos lados del mueble del lavabo, pero, de repente, sintió que él se retiraba. Se sintió recompensando por aquella imagen de abandono total de Eden y la sangre se le caldeó aún más. Sonrió.

–¿Mejor?

–No. Te has dejado una parte.

Devlin quiso echarse a reír. No iba a ser él quien se quejara.

Casi inmediatamente, los músculos de Eden comenzaron a contraerse. Cuando ella se echó a temblar y gritó de placer, Devlin colocó la boca de nuevo sobre ella, apoderándose por completo y le dio aún más placer.

La próxima vez, haría que durara más, pero por el momento...

Eden se relajó inmediatamente. Con mucho cuidado, Devlin se retiró las piernas de los hombros y la miró. Estaba apoyada contra el cristal, completamente saciada. Desnuda. Vulnerable.

Se preparó para poseerla, para hacerle el amor. Sin embargo, recordó a tiempo algo muy importante.

–Tengo que dejarte un momento.

–¿Por qué? –preguntó ella con expresión de ensueño.

–Un preservativo –dijo. Los tenía en la cartera–. Vuelvo en un minuto.

Le deslizó la lengua sobre el oído y, cuando ella trató de abrazarlo para sujetarlo, Devlin dio un paso atrás.

–Haré que sean mejor cinco segundos.

Devlin dejó la toalla en el suelo y salió del cuarto de baño. Se asomó por la puerta del dormitorio y vio su cartera encima de la mesa. Casi al mismo tiempo que tomaba la cartera para sacar el preservativo, vio algo de soslayo.

Sintió que el alma se le caía a los pies y se dio la vuelta.

Nathan estaba en la puerta. Su novia estaba a su lado, con los ojos muy abiertos.

Capítulo Cinco

Nate se rascó la mandíbula. Sin duda, estaba tratando de ocultar una sonrisa.

–Devlin esto es... una sorpresa –comentó.

Devlin permaneció completamente inmóvil al ver cómo Sabrina lo miraba de la cabeza a los pies con una expresión de incredulidad. Su delicado rostro palideció. Entonces, se apoyó en Nate y sonrió débilmente.

–Tú debes de ser Devlin. En-encantada de conocerte.

Entonces, dio un paso al frente con la mano extendida. Inmediatamente, se dio cuenta de lo que estaba haciendo y dio un paso atrás. Devlin se colocó detrás de una silla del comedor y se ocultó estratégicamente.

–Y tú eres Sabrina –comentó con una sonrisa. Entonces, se encogió de hombros–. Creo que tal vez sea mejor que nos demos la mano más tarde.

–Me imagino que Eden está ahí... duchándose –comentó Nate.

–Nos sorprendió la tormenta –explicó Devlin–. Los dos nos empapamos por completo, por lo que decidimos enviar la ropa a la lavandería. Por eso no llevo... ropa.

Nathan estuvo a punto de echarse a reír, pero se aclaró la garganta y asintió solemnemente.

–Entiendo.

–Sentimos haberos tenido esperando –comentó Sabrina. Aún no se había soltado de Nathan.

–No pasa nada. Nos hemos mantenido ocupados.

Sabrina se limitó a parpadear. Estaba atónita. No ocurría todos los días que una chica se encontraba al ex de su hermana completamente desnudo.

Nate tiró de ella hacia la ventana.

–¿Por qué no le dices a Eden que estamos aquí, Dev? –le dijo a su hermano.

Cuando pasaron junto a Devlin, él se agarró al respaldo de la silla. Resultaba evidente que su hermano veía aquella situación como una victoria y, en cierto modo, lo era. Sin embargo, había algo en la actitud de Nate que le molestaba.

Mientras Nate mantenía ocupada a Sabrina con la vista que se divisaba por la ventana, Devlin regresó al cuarto de baño. Tenía que decirle a Eden que se había hecho realidad la peor de sus pesadillas.

Cuando volvió a entrar en el cuarto de baño, dejó de pensar en Nathan y en Sabrina. Perdió inmediatamente la conciencia de lo que había sucedido. Eden se había tumbado en la alfombra que había en el centro del cuarto de baño. Tenía una rodilla levantada y los brazos por encima de la cabeza. Entonces, lo llamó con un gesto de los dedos.

–Dámelo...

Devlin se acercó al mismo tiempo que ella se incorporaba sobre un codo.

–El preservativo –insistió mientras acariciaba la pantorrilla de Devlin–. Yo te lo pondré...

El envoltorio del preservativo crujió en la mano de Devlin. Tal y como estaban las cosas, ¿qué importaban cinco minutos más? Todo el mundo sabía lo que estaba ocurriendo allí.

Si le decía a Eden que Sabrina estaba fuera, ella ya no querría seguir. Y aquello era algo que merecía la pena terminar.

Sin embargo, cuando él se agachó, Eden se incorporó. Parecía haber notado algo porque tenía la preocupación reflejada en los ojos.

–¿Qué es lo que pasa? –le preguntó.

Tenía que decírselo. Por mucho que quisiera ignorarlo cinco minutos más, no podía hacerlo.

–Nuestros hermanos han llegado –respondió él.

Eden se quedó inmóvil. Entonces, lanzó una maldición y se puso de pie como una loca para agarrar otro albornoz y cubrirse los senos con él. Al ver el cuerpo desnudo de Devlin, palideció.

–Por favor, dime que Sabrina no te ha visto así.

–Sabrina no me ha visto así –mintió.

Ella contuvo un grito de pánico y se ocultó el rostro entre las manos.

–No deberíamos haberlo hecho. La ley de Murphy decía que iban a llegar temprano. ¿Cómo voy a mirar a la cara a Sabrina? –musitó entre los dedos.

Devlin frunció el ceño.

Comprendía cómo Eden se sentía, pero, ¿tan malo era? Lo único que habían hecho era divertirse un poco. Lo único deprimente de todo aquello era que su diversión se hubiera visto interrumpida.

–Sabrina es una mujer adulta –le recordó él–.

Como lo éramos tú y yo cuando teníamos veintiuno. Lo comprenderá –añadió. Se puso de pie y miró a su alrededor–. Admito que esta no es la manera ideal de recibirlos pero, piénsalo. Después de esto, será mucho más fácil para ellos contarnos lo que nos quieran decir.

–¿Y qué le diré yo? –preguntó. Parecía muy avergonzada.

–No esperará excusas.

Sabrina era una mujer enamorada. A las parejas felices les encanta rodearse de felicidad. Devlin estaba seguro de que lo comprenderían. En el rostro de Eden se estaban reflejando una larga serie de sentimientos. Comprensión. Aceptación. Esperanza. Sin embargo, a Devlin le costó un triunfo levantarla.

Mientras se ponía el albornoz, Devlin cerró el grifo. El cuarto de baño parecía una sauna y todo aquel delicioso vapor desperdiciado…

–Hay otro albornoz en la percha –le dijo ella–. Te lo digo por si prefieres ponerte algo más que una toalla.

Devlin se reconoció en el espejo, desnudo. Era una suerte que la pobre Sabrina no se hubiera desmayado.

Se puso el albornoz y miró a Eden.

–¿Estás lista?

–No, pero no nos queda más remedio que salir –respondió ella, con una temblorosa sonrisa en los labios.

Eden respiró profundamente, cuadró los hombros y salió del dormitorio con Devlin a su lado. Sabrina estaba al lado de la ventana, acompañada de Nathan. No se habían dado cuenta de la presencia de Devlin y Eden. Sabrina estaba mirando a Nathan al tiempo que le indicaba algo hacia las colinas. La mirada que le dedicaba era tan inocente y tan feliz... Era como retroceder en el tiempo. Tres años atrás, Eden había mirado así a Devlin. Sin embargo, eso no significaba que él fuera bueno para ella.

Había hecho una tontería al caer presa de su encanto y haber seguido sus impulsos a pesar de que ella le había dicho que se mantuviera alejado. Devlin le había hecho daño antes. Ya no había futuro para ellos.

No obstante...

No podía castigarse por el encuentro del cuarto de baño. Su vida era un calendario de acontecimientos bien estructurado y cuidadosamente organizado. No dejaba nada al azar. ¿Cuándo fue la última vez que había actuado por impulso? Años. Eso no significaba que quisiera seguir actuando comportándose así. Y, ciertamente, no quería que Sabrina lo fuera.

Cuando su hermana pequeña la vio, esbozó una amplia sonrisa. Echó a andar hacia ella, con los brazos extendidos.

–Eden –murmuró mientras la abrazaba cariñosamente–. Gracias por venir. Esto ha salido mejor de lo que habíamos pensado. Este es Nathan. Se moría de ganas por conocerte. Nate... –dijo, para que se acercara su novio–, esta es Eden.

Nathan se acercó a ambas y le ofreció la mano a Eden.

–Encantado de conocerte.

Tenía la mano grande y cálida, como la de Devlin. Se parecía también a su hermano. Alto, moreno, con un físico muy parecido y casi idéntica sonrisa. No era de extrañar que Sabrina lo encontrara irresistible... al igual que el resto de las chicas que la habían precedido.

–Sentimos haberos tenido esperando –les dijo Nathan a Eden y a Devlin–. Saltó la alarma de mi casa. Ha habido unos cuantos robos en la zona y quería asegurarme de que todo estaba bien.

–De acuerdo –comentó Devlin–, ¿por qué no nos sentamos?

–¿Le apetece a alguien algo de beber?

–No –respondió Eden. Entonces, apretó los labios. Había hablado demasiado alto, con demasiada urgencia–. Quiero oír lo que tenéis que comunicarnos.

Trató de sonar entusiasta, pero, en realidad, estaba muy nerviosa. Inmediatamente, miró el dedo de Sabrina, pero no vio anillo de compromiso alguno. Vio que su hermana miraba a Nathan con incertidumbre y algo parecido al miedo.

Eden sintió que el pánico se apoderaba de ella.

–Tranquila, cielo –le dijo mientras le daba la mano ¿Iba su hermana a tener un hijo?–. Sea lo que sea, puedes contar conmigo...

Sabrina apretó la mano de Eden y respiró profundamente.

–Bueno, pues aquí va. Me voy a ir a vivir con Nate.

El tiempo pareció detenerse. Eden se sentía completamente aturdida. Entonces, soltó una carcajada.

–No estoy segura de haber oído bien.

–¿Eso es todo? –les preguntó Devlin aliviado.

Nathan abrazó a Sabrina y la estrechó contra su cuerpo.

–Queremos empezar a trasladar sus cosas mañana mismo –dijo.

La leona protectora que Eden guardaba en su interior cobró vida y comenzó a gruñir.

–¿Y tus estudios, Sabrina?

–Bueno, ya casi he terminado –respondió Sabrina–. Solo me queda un año para terminar.

–Sí, claro, pero este es el último año, el más importante. Si suspendes una asignatura, tendrás que volver a matricularte. Eso podría significar seis meses más.

Sabrina frunció los labios, pero levantó la barbilla con obstinación.

–No suspenderé –dijo mientras abrazaba a Nate y se acurrucaba contra él–. Por eso quiero irme a vivir con él. Así estaremos juntos todo el tiempo.

Eden se sintió derrotada. ¿Por qué eran las mujeres tan confiadas? ¿Tan ingenuas?

–¿Por qué eso de estar juntos todo el tiempo es la respuesta?

–Bueno, no tendré que quitarme tiempo de estudio para que nos podamos ver. Nate me ha dicho que me va a ayudar con los trabajos.

Genial. Evidentemente, Nathan debía de saber mucho sobre historia antigua y el canon inglés.

–Queríamos decíroslo juntos porque... Bueno, por vuestro pasado. Sabíamos que esto podría resultaros incómodo, pero no queríamos ocultaros nada. Y queríamos hacerlo en un ambiente seguro y neutral.

–Os lo agradecemos mucho –comentó Devlin–, ¿verdad, Eden?

Eden carraspeó. Estaría de acuerdo. Debía estar de acuerdo. No pudo hacerlo.

–Sabrina, estás cometiendo un error.

Cuando Sabrina puso cara de enfado, Devlin le dijo a Eden en voz muy baja:

–Recuerda que no es asunto suyo...

Sí, no era asunto suyo, pero sería la hermana mayor la que tendría que ocuparse de recoger los trozos cuando todo se terminara.

–Yo cuidaré muy bien de Sabrina –dijo Nathan mientras miraba con adoración a Sabrina y luego le daba un beso en la frente–. Tu hermana me importa mucho.

–Sí, pero no lo suficiente como para ponerle un anillo en el dedo.

De repente, vio que la tristeza de Sabrina se transformaba en determinación.

–Soy yo la que no quiere casarse. Solo quiero estar con mi novio todo el tiempo que pueda. Te acuerdas de lo que se siente, ¿verdad, Eden?

Entonces, miró a Devlin.

Eden arqueó una ceja. Sí, lo recordaba demasiado bien. Ese era el problema.

El timbre empezó a sonar. Como necesitaba un respiro, Eden musitó:

–Ya voy yo.

Por suerte, era de la lavandería para entregarles su ropa limpia y planchada.

Devlin tenía razón. Había hecho todo lo que había

podido, pero, en realidad, se trataba de la vida de Sabrina. Desgraciadamente, tendría que cometer sus propios errores, como todo el mundo. Eden no podía evitar a su hermana todos los problemas, por mucho que quisiera hacerlo.

Le dio un beso a Sabrina en la mejilla y sonrió.

—Nos vestiremos y os dejaremos a Nathan y a ti para que disfrutéis de la velada juntos.

Los ojos de Sabrina brillaron llenos de esperanza.

—Entonces, ¿te parece bien que me vaya a vivir con él?

Eden se encogió de hombros.

—Si tú eres feliz, yo también lo soy, Sabrina.

—¡Lo soy, Eden! —exclamó—. Estoy muy contenta.

Eden se dio la vuelta antes de que Sabrina pudiera ver que los ojos se le habían llenado de lágrimas. Devlin la siguió al dormitorio y cerró la puerta.

—Esto es peor de lo que pensaba —dijo mientras se ponía las braguitas.

—En mi opinión no es así —replicó Devlin.

—Tu hermano le romperá el corazón —susurró, completamente resignada a ese hecho. Sacó el sujetador y se lo puso.

—Eden, están enamorados.

Sí, bueno, ellos dos también lo habían estado. Mentira. Eden había estado enamorada. A Devlin solo le interesaba el sexo. ¿Había cambiado algo después de la escena del baño?

Él se sentó en la cama y la obligó a ella a hacer lo mismo.

—Aun a riesgo de sonar como Freud, para mí está

claro lo que está ocurriendo. Estás dejando que nuestra relación pasada y las dudas que tú tenías sobre mí interfieran en todo esto.

Una lágrima le cayó a Eden por la mejilla. No quería que Sabrina tuviera que soportar el mismo terrible dolor que ella había sufrido. Sin embargo, dada la reputación que Nathan tenía con las mujeres, era eso precisamente lo que le esperaba a Sabrina.

Devlin le puso la mano en el regazo.

–Iremos a algún lugar tranquilo para hablar...

–No quiero hablar –replicó ella–. Mira lo que pasa cuando empezamos a hablar.

–Nos llevamos bien.

Eden se puso de pie.

–Si es así como quieres llamarlo tú...

–Entonces, ¿qué es?

Ella se puso de espaldas y sacó el vestido de la funda.

–Ya te he dicho que no quiero hablar de eso.

–Cuando las personas salen juntas, unas veces siguen y otras veces se separan. Además, precisamente por eso las parejas se marchan a vivir juntas, para ver si encajan. Nate y Sabrina son lo suficientemente maduros como para saber que eso es lo que ocurre. Por lo tanto, es mejor que aceptes la situación de tu hermana en vez de desgarrarte las vestiduras por ello.

Eden se aferró a su vestido. No le gustaba que Devlin tuviera tanta razón. Solo quería que Sabrina fuera feliz. Y ella también quería serlo.

Se dio la vuelta y lo interrogó con la mirada. ¿Estaba de verdad sugiriendo Devlin que fueran a algún sitio para hablar o acaso lo que buscaba era conseguir quedarse a solas con ella para terminar lo que habían comenzado? Llevaba demasiado tiempo frustrada por el modo en el que se habían separado. No podía negar que volver a estar a solas con Devlin la había librado de aquel tormento.

Suspiró y dejó el vestido sobre la cama.

Tal vez hablar con él un poco más y terminar lo que habían comenzado no fuera tan mala idea. Tal vez aquello era precisamente lo que necesitaba para exorcizar sus demonios. Tal vez se merecía una gloriosa noche de sexo para olvidarlo todo y poder seguir con su vida.

Tres años atrás, era una ingenua, pero, en aquellos momentos, tenía los ojos muy bien abiertos. Devlin y ella se sentían muy atraídos. Tal vez no se tratara de algo eterno, pero ciertamente era especial.

Debería seguir el ejemplo de su hermana y, por una vez, vivir la vida. Aferrarse a la chispa que había saltado aquel día entre ellos y disfrutar del momento.

–Nos iremos a algún sitio para... hablar.

Devlin se puso de pie y la estrechó entre sus brazos.

–Estás haciendo lo correcto...

Devlin no lo comprendía. Aquello no tenía nada que ver con lo que era correcto o incorrecto. Eden no tenía elección. Se trataba de permitir que aquello llegara a su conclusión natural o lamentar no haberlo hecho durante el resto de su vida. Fuera como fuera lo que saliera de aquello, se aseguraría de que lo disfrutaría.

Capítulo Seis

Diez minutos más tarde, Eden y él se despidieron de Sabrina y de Nate y se disponían a marcharse del hotel. Mientras atravesaban el amplio y lujoso vestíbulo, Eden se detuvo y agarró a Devlin por las solapas de la chaqueta.

—Dime, ¿dónde has pensado llevarme?

Al ver cómo Eden lo miraba, Devlin dio las gracias al cielo. Dada la intensidad de la atracción que sentían el uno por el otro, no era de extrañar que hubieran terminado juntos en el cuarto de baño. Sin embargo, dada la reacción que Eden había tenido al conocer la decisión de Nate y Sabrina, dudaba que estuviera de humor para continuar con aquel lado más íntimo de su reunión.

Al menos, había accedido a que fueran a hablar, lo que no era poco.

Le dedicó una sonrisa.

—¿Adónde te gustaría ir?

Ella miró hacia el mostrador de recepción.

—¿Por qué no pides una habitación?

Devlin se sintió muy excitado. Le gustaba aquella nueva Eden.

Sin embargo...

—Cuando sugerí que fuéramos a un lugar tranquilo, no me refería necesariamente a otra habitación de hotel.

–Yo sí –afirmó ella.

Devlin se echó a reír. Eden no se andaba por las ramas.

–¿Estás segura de que eso es lo que deseas? –le preguntó. Ella asintió sin dudarlo–. ¿Quieres una habitación aquí, sabiendo que Nate y Sabrina están en este mismo hotel?

En aquel momento fue ella la que se echó a reír.

–¿Y ahora quién es el neurótico? –le preguntó. Entonces, la mirada se le entristeció–. ¿No es eso lo que quieres?

¿Tenerla entre sus brazos? Por supuesto, pero...

–No se trata de eso.

–Entonces, no sé qué sentido tiene.

–¿Quieres una pista?

–Claro.

–Me refería a un tranquilo paseo o a una travesía en ferry hasta Manly. Sin embargo, primero tenemos que ir a cenar a algún lugar tranquilo y divertido.

–¿Tienes hambre otra vez?

Devlin sonrió.

–Eden, hay algo más que las parejas pueden hacer durante la cena.

–Bueno, he leído al respecto, pero no creo que me gustara el sexo en lugares públicos.

–Inténtalo de nuevo.

Eden lo pensó un rato. Entonces, se mostró decepcionada.

–Quieres decir que realmente quieres hablar.

–Vaya, no pareces muy emocionada –comentó él.

–Pues yo quiero hacer algo más que hablar –insistió ella mientras le rodeaba el cuello con los brazos.

–Yo también, pero quiero estar seguro de que es por las razones correctas.

–¿Y cuántas razones hay?

Devlin apartó las manos de Eden de las solapas de su chaqueta y las agarró con fuerza. Haber mostrado cautela antes era una cosa, pero si alguien le hubiera dicho que él iba a rechazar aquella invitación tan descarada para hacer el amor con la mujer cuyo recuerdo llevaba turbándolo tres años, jamás lo habría creído.

Besarla aquella tarde bajo la lluvia había sido algo inevitable. Su breve estancia en el cuarto de baño había sido maravillosa. Sin embargo, el sexo rápido en una habitación de hotel con una rápida despedida no funcionaba para él. Con ninguna mujer y mucho menos con Eden.

–Tómate unos días libres la semana que viene y vente conmigo –le dijo mientras le abrazaba la cintura–. Te recogeré mañana a las nueve. Podrás regresar al trabajo el martes.

–¿De verdad quieres esperar? ¿Estás seguro de que te llamas Devlin Stone? –bromeó.

–No he cambiado –replicó él, algo molesto por aquel comentario. Eden siempre había significado para él mucho más que una amante con la que se acostaba. ¿Acaso no lo sabía?

–Tal vez estés rezando para que yo me eche atrás.

–Estoy rezando para que no sea así.

Devlin no estaba tratando de quitarle la idea. En

realidad, no estaba seguro de lo que buscaba. Solo sabía que quería aprovecharlo al máximo por el bien de ambos. Lo que habían disfrutado aquel día era muy especial. Eden se había mostrado tan dispuesta por estar con él como el propio Devlin.

Sin embargo, si iba a hacer aquello, quería hacerlo bien.

—¿Tienes que hablar con alguien para poder tomarte unos días? —le preguntó él pensando también que sería mejor que ella no estuviera en casa cuando Sabrina y Nathan se llevaran las cosas de ella del apartamento que compartían las dos hermanas.

—Hablas en serio, ¿verdad?

—Te acompañaré a casa —dijo él mientras la acompañaba hasta la puerta del hotel, donde esperaban los taxis—. De camino, te diré lo que te tienes que llevar.

Eden seguía atónita cuando el taxi se detuvo frente a su apartamento.

Necesitaba cerrar el ciclo, disfrutarlo una última vez, tal y como había soñado tan a menudo. Estaba segura. Sin embargo, eso no significaba que quisiera pasarse con él dos días enteros en un destino desconocido.

Durante el trayecto en taxi, él le había sugerido que llevara traje de baño, ropa de verano y un sombrero. Suponía que tenía en mente alguna playa en el norte.

¿Supondrían aquellos dos días una complicación? Seguro que sí. Después de que hubiera hecho el amor con él, podría seguir con su vida al igual que Devlin, sin duda, seguiría con la suya.

¿Iba a aceptar su sugerencia?

Él se bajó del taxi y la ayudó a salir. Eden trató de estirarse el vestido, que había encogido una talla y, en aquellos momentos, le quedaba muy por encima de la rodilla.

–¿Te gustaría subir a tomar un café? –le sugirió.

Con un dormitorio cerca, Devlin podría olvidarse de hacer lo correcto para pasar a la acción. Así, ella no tendría que preocuparse sobre si marcharse con él era arriesgado o algo simplemente necesario.

–Esta noche no –replicó él–. Necesitas hacer unas llamadas de teléfono y preparar algunas cosas.

¿Qué iba a hacer ella? ¿Iba a aceptar aquella escapada de dos días? Aquel día, Devlin parecía ser el mismo hombre encantador de siempre, pero también parecía haber cambiado. Parecía más maduro. ¿Aquel desafío de cuarenta y ocho horas supondría recuperar el control de su vida, de su pasado o jugar con un fuego que no querría apagar?

Devlin le dio un beso en la mejilla, muy cerca de la boca. Su profunda voz le puso el vello de punta.

–Estaré aquí a las nueve –dijo tomando la decisión por ella antes de volver a meterse en el taxi–. No te olvides de la crema para el sol.

Unos minutos más tarde, ya en su apartamento, Eden se quitó los zapatos y se dirigió al teléfono. No servía de nada retrasarlo. Tenía que llamar para tener el lunes libre inmediatamente. Si no lo hacía, tal vez podría echarse atrás. Además, si el premio de todo era aquello eran dos días de disfrute sexual completo, merecería la pena.

71

Su ayudante de Tentaciones no tardó en contestar al teléfono. Eden se imaginó los ojos marrón chocolate de Tracey abrirse de par en par bajo su flequillo castaño.

–No iré a trabajar el lunes.

–¿Estás enferma?

–Me voy a tomar un largo fin de semana.

–Vaya, parece interesante.

–Eso espero. ¿No me digas que... esto tiene que ver con ese tío tan guapo con el que saliste hace unos años? ¿Con Devlin como se llame?

Tracey era su amiga además de su empleada. Eden no le había contado que Sabrina estaba saliendo con Nathan ni que iba a reunirse con Devlin aquel día para hablar de su hermana. Había esperado que la reunión saliera tal y como ella esperaba y que nadie tuviera que enterarse.

Se había equivocado.

Eden por fin se sentó en el sofá.

–No es lo que piensas.

–Lo que pienso es que esto me parece fabuloso.

–Solo serán un par de días. Nada del otro mundo.

–Si quieres que te diga mi opinión... ¡Pues te digo que vayas a por todas! Tómate toda la semana libre. No has tenido vacaciones desde que te conozco.

–Regresaré el martes, Tracey... gracias.

En cuanto colgó el teléfono, el móvil comenzó a sonar. Se levantó y miró quién la llamaba.

Sabrina.

El pulso se le aceleró. Apretó la tecla para contestar.

–¿Qué te ocurre?

–No me ocurre nada. Solo quería hablar contigo antes de mañana.

Eden se tranquilizó un poco.

–Me equivoqué al comportarme del modo en el que lo hice –le confesó–. Por supuesto, tú tienes derecho a tomar tus propias decisiones y quiero que sepas que cuentas con mi apoyo.

–Gracias, Eden. Eso significa mucho para mí... para los dos. ¿Está Devlin ahí? –le preguntó tras una pequeña pausa.

–No.

–Ah. Esperábamos que...

–¿Qué esperabais?

–Te prometo que no lo preparamos todo para que Devlin y tú os quedarais solos y ocurriera algo. De verdad. Sin embargo, cuando tuvimos que salir, empezamos a hablar y Nate dijo que estaría genial que vosotros dos terminarais juntos. Te aseguro que estuve a punto de caerme redonda al suelo cuado Devlin salió del dormitorio...

–No vamos a volver, si eso es lo que estás pensando.

–¿De verdad? –le preguntó Sabrina. No sonaba muy convencida.

–Lo que ocurrió en esa suite fue un hecho aislado –dijo, aunque sabía que eso era una mentira–. Bueno, más o menos.

–Ahora sí que me estás confundiendo.

Eden suspiró profundamente. Lo mejor era que se sincerara. La verdad se sabría de todos modos y, si se sabía por ella, sería mucho mejor.

–Mañana cuando vengas a por tus cosas, no estaré aquí. Me voy a marchar un par de días.

–¿Con Devlin? –preguntó Sabrina muy contenta. Entonces, llamó a su novio–. ¡Nate! ¡Se va a marchar con Devlin! Me alegro mucho por ti –añadió, de nuevo refiriéndose a Eden.

–Pues no tienes por qué. No es lo que tú piensas.

–Creo que sigues enamorada de él.

–Ya hablaremos la semana que viene –le dijo a Sabrina.

–Está bien. Te quiero, Eden.

–Yo también te quiero –replicó ella con una sonrisa.

En cuanto Eden colgó la llamada, el móvil volvió a sonar.

–¿Devlin? –preguntó con incredulidad mientras se llevaba una mano al corazón.

–Quería desearte buenas noches. Que duermas bien.

–¿De verdad? –murmuró ella. Se llevó la mano a la garganta, que se le había hecho un nudo con la emoción.

–Hasta mañana a las nueve en punto.

Capítulo Siete

A la mañana siguiente, a las nueve y media, con Devlin a su lado, Eden tartamudeó para poder pronunciar las palabras.

–¿Quieres que me monte en eso?

Tal y como había prometido, a las nueve en punto, Devlin había llamado a su puerta. Tomaron el ascensor y se metieron en el interior de su lujoso Lexus Coupé. Eden estaba muy nerviosa y se dedicó a repasar en silencio todas sus pertenencias mientras él hablaba del buen tiempo.

Eden no lograba tranquilizarse. Se dijo que había llegado hasta allí y que ya no podía haber vuelta atrás.

Sin embargo, en aquellos momentos, acababa de comprender que Devlin la había llevado hasta la peor de sus condenas.

Un aeropuerto.

Estaban en el asfalto de la pista. Él se acababa de poner unas gafas de aviador e inspeccionaba con admiración las compactas líneas del avión.

–Es un Cessna 152. Ya tiene unos añitos, pero eso es parte de su encanto. Es maravilloso volar en él.

–No-no me mencionaste que fuéramos a ir en avión a ninguna parte.

Devlin se quitó las gafas y la miró.

–Pensaba que habías superado tu miedo a volar.

–En los aviones grandes. Muy grandes. E incluso en ellos me pongo mala.

–Los aviones pequeños son iguales que los grandes –le aseguró mientras le daba una palmada en la espalda para animarla a subirse–. Yo garantizo personalmente tu seguridad. Estoy convencido de que te va a gustar. Hace ya cinco años que tengo licencia de piloto. Estás completamente segura. Tenemos más posibilidades de tener un accidente en un coche.

–Puede ser, pero aquí tenemos la excitación añadida de caer a la tierra a mil quinientos kilómetros por hora.

Eden sintió un escalofrío por la espalda. Se sentía aterrorizada, pero tenía más miedo aún de negarse a hacer aquel viaje. Tenía que hacerlo. Para conseguir olvidar a Devlin Stone.

Con el corazón latiéndole con fuerza en el pecho, se aferró a su bolsa de viaje y dio un paso al frente. Luego otro. Cuando él dio un paso atrás, con las manos en las caderas y una enorme sonrisa en su hermoso rostro, ella hizo una mueca.

–¿A qué estás esperando?

Devlin sonrió afectuosamente.

Subieron al avión. Devlin tomó un asiento en la cabina y le indicó a ella que se sentara a su lado. Eden observó el salpicadero lleno de mandos y que hacían pensar que muchas cosas podían ir mal en aquel avión.

–¿Tienes bolsas de papel?

–¿Ataque de pánico?

–Bueno, uno pequeñito –susurró ella.

–Solo hay una cura para eso.

–¿La morfina?

–Arrancar esta preciosidad. Abróchate el cinturón –dijo mientras se abrochaba el suyo–. Llegaremos enseguida –añadió. Le indicó unos cascos y él se puso los suyos–. Hablaremos para que no pienses en la altitud.

Devlin arrancó el motor. Entonces, empezó a tocar todos los botones. Eden cerró los ojos, rezó en silencio y no volvió a respirar hasta que el avión estuvo en el aire. La altura resultaba aterradora y emocionante a la vez.

Después de que se le pasaran las náuseas iniciales, Eden se sorprendió al darse cuenta de que Devlin había estado en lo cierto. Cuando se convenció de que era demasiado tarde para regresar, su cerebro se vio obligado a aceptar la situación. Entonces, miró incluso por la ventana y comenzó a disfrutar del vuelo.

¡Lo estaba consiguiendo! De repente, comenzó a experimentar una extraña sensación de libertad y de osadía.

En realidad, la terrible verdad era que tendría que volver a hacerlo si quería regresar a su casa.

Devlin le iba señalando los puntos geográficos de mayor importancia. Prácticamente acababa de sentirse a gusto a bordo de aquel avión cuando Devlin comenzó las maniobras de aterrizaje. Desgraciadamente, el nudo volvió a asentársele en el estómago.

Entonces, se arriesgó a mirar abajo un instante y vio que, bajo ellos, no había tierra. Tan solo agua.

Soltó una carcajada cercana al histerismo.

–No creía que este avión pudiera aterrizar en el agua.

–Nuestro destino es ese –dijo él, señalando hacia el horizonte.

–Una isla.

–Sí. Se llama Le paradis sur Terre. Significa el paraíso en la Tierra.

Unos instantes más tarde, el avión aterrizó. El ruido dentro de la cabina era ensordecedor. Además, el avión comenzó a dar botes sobre el asfalto de la pista de aterrizaje y Eden cerró los ojos y temió por su vida. Cuando el avión se detuvo, trató de tranquilizarse y luego, con mucha cautela, abrió los ojos.

Más allá de la ventana, unas majestuosas palmeras bordeaban la pista. Había flores de todos los colores por todas partes. Cuando descendieron del avión y pisaron el suelo, Eden notó que el aire era muy fresco, tal y como se esperaba de la brisa del mar mezclada con el perfume de las flores exóticas.

–¿Este lugar es de verdad? –preguntó, asombrada.

–Es real. Ven a conocer a todo el mundo.

Estaba tan absorta en el paisaje que no se había dado cuenta de que un hombre y una mujer se dirigían a ellos. Al llegar a su lado, el hombre le ofreció una enorme mano muy bronceada.

–Esta es Tianne y yo soy Gregory –dijo–. Usted debe de ser el señor Stone.

–Llámame Devlin. Y esta es Eden.

–¡Qué nombre más bonito! –exclamó Tianne mientras le entregaba a Eden un hermoso ramo de flores que olían como el jazmín–. Espero que disfrutes de tu estancia.

Eden aceptó las flores.

–Estoy segura de ello.

Gregory se quitó el sombrero.

–El señor Bruce nos pidió que tuviéramos todo preparado. El frigorífico está lleno, la bodega también. En el bungalow hay un mapa en el que se señalan las muchas maravillas de la isla.

Devlin asintió.

–Excelente. Entonces, nos veremos aquí el martes.

–Oirás los motores de nuestros barcos regresando después del alba. Hay un segundo bote amarrado y preparado en el embarcadero por si prefieren ir a ciertas partes de la isla de esa manera.

Gregory explicó la breve ruta que tenían que recorrer para llegar a su bungalow.

–Que tengáis un buen día –les dijo Tianne antes de despedirse.

Con eso, la pareja desapareció.

–Para llegar a tierra firme, hay un trayecto en barco bastante corto –le explicó Devlin mientras se hacía cargo también de la bolsa de viaje de ella.

Entonces, entrelazó el brazo con el de ella y la hizo dirigirse en la dirección que Gregory había indicado.

Eden fue admirando lo fantástica que era la naturaleza que les rodeaba.

–Entonces, ¿estamos aquí solos?

–Solos tú y yo... y un millón de pájaros.

Al mismo tiempo que escucharon que el bote de Tianne y Gregory se alejaba a toda velocidad, vieron una preciosa cabaña de estilo balinés con tejado de paja. Estaba en un claro del bosque y encajaba perfectamente con lo que le rodeaba.

Los dos subieron tres escalones de madera.

–¿Te gusta?

–¿Estás bromeando? Esto es maravilloso. Gregory mencionó a un tal señor Bruce. ¿Es él el dueño de esta isla? –le preguntó. Devlin asintió–. ¿Quién es? ¿Un multimillonario?

–Así es. R.J. Bruce y yo nos hicimos amigos en una partida de póquer privada en Londres. Me dijo que si alguna vez quería visitar Le Paradis solo tenía que llamarlo. Él suele venir aquí dos veces al año.

Eden miró a su alrededor. El dulce sonido de los pájaros, una temperatura ideal, el aroma calmante de la naturaleza virgen...

–Si yo fuera el señor Bruce, creo que no querría marcharme de aquí.

–Nos podemos quedar más tiempo si quieres.

Los ojos de Devlin tenían un aspecto tan profundo que Eden quería caer en ellos y no volver a salir nunca. Sin embargo, aquella aventura necesitaba tener un límite de tiempo. Por eso, antes de que la tentación fuera más fuerte, le dijo:

–Los dos tenemos responsabilidades de las que ocuparnos.

Entonces, pasó por delante de él y entró en la cabaña. Al entrar en el salón, se quedó boquiabierta al ver la gran variedad de comida que había sobre una mesa baja.

–¿Qué es todo esto? –preguntó.

Frutas exóticas, de todos los colores y formas, acompañadas de una jarra de un zumo de olor exquisito. Eden se sintió como una princesa. Entonces, vio el dormitorio.

Muebles orientales realizados en madera oscura. Esculturas abstractas de esbeltos animales y pájaros presidían elegantemente la estancia. Un bol y una jarra de porcelana descansaban sobre un aparador. En el techo, un ventilador que consistía en tres enormes aspas bombeaba aire por toda la estancia.

La cama no era demasiado grande. Era más bien... acogedora. Montones de cojines y almohadas, de formas y decoraciones diversas, se amontonaban unos sobre otros contra el pesado cabecero de madera de la cama.

Entonces, atraída por la vista, Eden cruzó la estancia.

A través de un enorme ventanal que carecía de cristal, las olas del Pacífico bañaban una idílica playa. Las gaviotas planeaban bajo una cúpula de azul puro.

Un fuerte par de brazos la agarró por detrás. Ella sintió que el estómago le daba un vuelco y trató de darse la vuelta, pero Devlin se lo impidió.

–¿Cuál es el veredicto? –le preguntó al oído.

–Es suficiente como para hacer que yo quiera abandonar la ciudad –suspiró mientras se recostaba contra el hombro de él.

–¿Qué? ¿Nada de teatros, ni de cafeterías ni de tiendas de zapatos?

–Solo el océano y el sol.

–Y tú y yo.

Cuando Devlin le dio la vuelta, el corazón de Eden latía alocadamente. Él la miró con cariño mientras le acariciaba suavemente los brazos desnudos.

–¿Qué es lo que quieres hacer?

Eden quería ser descarada y sugerir que se metieran en aquella cama para hacer lo que los dos deseaban tanto. Pero dijo:

–Bueno, anoche te interesaba hablar –dijo ella prolongando el suspense.

–Hemos estado hablando en el avión. Estoy prácticamente sin palabras.

–Y ahora estás listo para otra cosa.

–Eso suena bien... –susurró él mientras le miraba los labios y le apartaba suavemente el cabello del rostro.

–¿Qué te parece que nos quitemos esta ropa de viaje?

–Una idea muy sensata.

–Tal vez deberíamos tomar una botella de champán y algo de fruta.

–Me estás tentando –musitó él mientras acercaba lentamente los labios a los de Eden.

–Podemos hacer un picnic.

–Sí. En la cama.

–No. Fuera.

La sonrisa de él cambió. Entonces, comenzó a acariciarle la parte baja de la espalda.

–Lo de fuera me parece muy bien...

–Después, podríamos ir a bañarnos. Me he traído un biquini.

–Me alegra saber que has venido preparada, pero...

no lo vas a necesitar –susurró Devlin mientras le desabrochaba el botón superior de la camisa.

Veinte minutos más tarde, Eden y él estaban fuera tumbados en una manta, disfrutando un poco de queso, pan, la fruta más fresca que habían probado nunca y aquel delicioso néctar, que sin duda había sido preparado para el placer de los dioses.

–¿Quieres más? –le preguntó Devlin levantando la jarra.

–Sí, está delicioso.

Eden se tomó un trago muy largo y luego dejó la copa a un lado. Entonces, se tumbó y apoyó la cabeza sobre el brazo mientras contemplaba ensimismada el cielo azul entre las ramas de las palmeras. Sin saber que él estaba estudiando la delicada forma de su frente, dirigió la mano a ciegas hacia el plato. Agarró un melocotón y le dio un bocado. Mientras masticaba, dejó que el brazo le cayera como un peso muerto sobre la manta.

–Me siento demasiado perezosa para nadar –murmuró ella.

Devlin se inclinó hacia delante y le dio un beso en la parte interna de la muñeca.

–Tú quédate ahí tumbada y relájate.

–¿Qué vas a hacer tú?

Devlin fue subiendo la boca poco a poco.

–Yo me mantendré entretenido.

–¿Tiene tu entretenimiento algo que ver con quitarme a mí el biquini?

—Más o menos —susurró él antes de darle un beso en el hombro.

Mientras le acariciaba el hombro con los labios, decidió que él no había sido el que había dado la relación por terminada hacía tres años. Lo que le había asustado había sido la posibilidad de una boda. Dada la respuesta que ella le había dado el día anterior, cuando le dijo a Sabrina que no le veía un anillo en el dedo, lo de atrapar a un hombre seguía siendo algo muy importante para Eden.

Algún día en un futuro lejano, se casaría, tendría una familia. Sin embargo, tendría que ser sabiendo que cuando se casara sería para siempre. No dejaría que lo acorralaran para aceptar esa clase de compromiso ni perdería la cabeza haciéndolo antes de tiempo. La ambivalencia de su propio padre hacia su familia le había enseñado las consecuencias de ese error.

Eden dejó su melocotón y se apoyó sobre los codos para observar el lago. Había pensado ir a la playa, pero aquella laguna tropical era una opción más fresca.

Se cubrió los ojos con una mano y, al mirar a la izquierda, se le iluminó el rostro.

—Mira qué bonito ese acantilado. Parece un buen desafío para ti.

La rocosa ladera presentaba una serie de escapadas plataformas y hendiduras talladas en la roca. Un suave arroyo caía en cascada, derramando un cristalino velo de agua que se vertía en la laguna.

—¿Para escalar?

—¿Quieres probar?

–No estoy de humor para hacer ejercicio físico.

–En ese caso, tendré que hacerlo yo sin ti –replicó ella. Se agachó y apoyó una mejilla sobre una de las rodillas.

–¿Tú?

–Sí, yo.

–Pues yo voto por que nos demos un chapuzón en la cascada.

–Podemos hacer las dos cosas.

–No creo que tú puedas estar interesada en escalar piedras.

–No lo sé. Nunca lo he intentado. Tampoco creí que me gustaría venir aquí en avión.

–Si estás interesada, puedo organizarte una clase para principiantes.

–Podría dar mi primera clase aquí. Si me caigo, lo haré en el agua.

–No sabemos lo profunda que es el agua –comentó Devlin muy preocupado. Se preguntaba qué demonios le había pasado a Eden.

–En eso tienes razón.

Sin previo aviso, se levantó y se sumergió en el agua. ¡Devlin jamás la había visto moviéndose tan rápidamente!

Cuando él consiguió ponerse de pie, ella estaba ya casi en la cascada. Instantes después, se sumergió. Devlin observó la escena en estado de alerta, con el pulso latiéndole a toda velocidad en las sienes, mientras esperaba a que ella reapareciera en la superficie. Al ver que no lo hacía, se metió en el agua, examinando la superficie por la que había desaparecido.

Al ver que pasaba el tiempo, soltó una maldición, respiró profundamente y se preparó para sumergirse. Justo entonces, Eden salió a la superficie como si la hubiera disparado un cañón.

Tomó aire, se peinó el cabello hacia atrás y llamó a Devlin.

—Es lo suficientemente profundo.

—Ya te daré yo lo suficientemente profundo —dijo él aliviado.

Se sumergió en el agua y, al llegar donde estaba Eden, la agarró por la cintura. Entonces, la llevó hacia la cascada y dejó que el agua fría les cayera por las cabezas hasta que consiguieron atravesarla y llegar al otro lado. Entonces, él sentó a Eden sobre el borde cubierto de musgo de la orilla.

La cortina de agua los aislaba del mundo exterior. Los líquenes cubrían la pared que los acogía tras la cascada. Resultaba muy íntimo.

Devlin se sacudió el cabello y se subió sobre el borde para sentarse al lado de ella.

—Ahora, lo del biquini...

—Tendrás que atraparme primero.

Eden se puso a cuatro patas para levantarse, pero él le agarró la braguita del biquini antes de que pudiera escapar. Como ella siguió avanzando, se cayó sobre de bruces contra el suelo. No pudo impedir que Devlin le bajara la braguita hasta las rodillas, pero se dio inmediatamente la vuelta y trató de cubrirse la entrepierna con las manos.

—Creo que es un poco tarde para esa clase de modestia.

–No has jugado limpio.

–Juego para ganar.

Devlin le desenganchó la braguita de las rodillas y se la sacó por los pies. Aquel juego estaba a punto de ponerse serio.

–Te pediría que te quitaras también la parte de arriba, pero me muero de ganas por hacerlo yo mismo... –dijo él mientras colocaba las braguitas sobre una piedra.

–¡Buena suerte!

Con un rápido movimiento, Eden recuperó sus braguitas y se metió en el agua. A Devlin se le escapó por un milímetro, pero se zambulló rápidamente detrás de ella. Cuando salió a la superficie al otro lado de la cascada, miró a su alrededor. Eden no parecía estar en el lago ni sobre la manta que tenían en la orilla.

–¡Eden! ¡Eden! –exclamó mientras buscaba desesperadamente a su alrededor–. ¿Dónde estás?

–¡Aquí arriba!

Miró hacia el acantilado y estuvo a punto de tragarse la lengua. Se había vuelto a poner las braguitas del biquini y estaba subiendo por la pared de la cascada. No estaba muy arriba, pero sí lo suficiente para hacerse daño si se caía sobre las rocas.

Aquel comportamiento no era normal en Eden. ¿Qué diablos habían puesto en aquel néctar?

–Eden –dijo en tono tranquilizador–, baja aquí ahora mismo, muy lentamente.

–Si me caigo, es lo suficientemente profundo.

–No estás acostumbrada a escalar. Te harás daño.

Las dudas las hicieron detenerse. Entonces, miró

hacia abajo y se llevó una buena sorpresa al ver dónde estaba. Se aferró con fuerza a las rocas.

–Vaya... Parece que estoy más arriba de lo que pensaba... –susurró con una débil sonrisa.

–Quédate quieta. Subiré a por ti.

–No necesito que subas a rescatarme, Devlin. Yo he subido aquí sola y soy capaz de bajar sola.

Antes de que él pudiera poner alguna objeción, ella levantó los brazos, cerró los ojos y ejecutó una zambullida perfecta en la laguna.

Devlin lanzó una maldición y esperó a que ella saliera a tomar aire. Entonces, la agarró y nadó con ella hacia la orilla. Ella se estaba riendo y tosiendo a la vez cuando la dejó caer sobre la manta.

–¡Qué divertido ha sido eso! –exclamó mientras miraba al cielo.

–No –replicó él–. Ha sido una estupidez.

–¿Porque lo hice yo y no tú? Pensaba que te gustaba que fuera impulsiva.

–¿Por qué diablos... ?

Entonces, se detuvo en seco, la miró y sonrió. Eden se estaba vengando de él. Devlin la había asustado mucho cuando el barco se hundió en Escocia y Eden había querido darle a probar de su propia medicina. Una parte de él quería aplaudirla por su sentido de la aventura, pero otra quería darle unos buenos azotes para asegurarse de que no volvería a intentarlo.

–Ya no estoy cansada –dijo ella incorporándose.

Devlin agarró la cesta del picnic.

–En ese caso, recogeremos todo esto y nos volveremos a la cabaña. Ya te ha dado bastante el sol.

–Tomar el sol no era lo que yo tenía en mente...

Se llevó las manos a la espalda y, tras deshacer el nudo del biquini, se lo sacó por la cabeza. Al verla, Devlin cayó de rodillas. Admiró las voluptuosas líneas de su divino cuerpo y, una vez más, trató de averiguar la causa de tanta espontaneidad.

–Quieres volverme completamente loco, ¿verdad?

Torturarle hasta que él le suplicara que tuviera piedad de él.

Eden extendió una mano hacia él.

–¿Y está funcionando?

Devlin se sentó a su lado e, inmediatamente, se tumbó sobre ella.

–Dejaré que tú seas quien lo juzgue –susurró Devlin contra los labios de Eden.

Capítulo Ocho

Cuando Eden abrió los ojos como platos y parpadeó, Devlin se tensó y consiguió no besarla. Ella parecía estar conteniendo la respiración, repasando algo mentalmente. Devlin ya había pensado todo lo que tenía que pensar. Había llegado el momento de pasar a la acción. Después de lo que ella acababa de hacer, seguramente quería hacer lo mismo...

Entonces, ¿por qué lo estaba mirando como si tuviera dudas?

–¿Te puedo hacer una sugerencia?

A Devlin le gustaban los juegos previos, pero esperaba sinceramente que aquello no fuera una jugarreta para que Eden pudiera escapar de él de nuevo. Llevaban ya veinticuatro horas con aquella tensión. Cuando uno de ellos estaba listo, el otro encontraba una razón para retrasar lo inevitable.

En aquel momento, los senos desnudos de Eden se frotaban contra su torso. Devlin estaba tan excitado que sentía que podrían apoderarse de él los instintos del hombre de las cavernas.

–¿Qué es lo que quieres sugerir? –gruñó.

Eden no respondió. Se limitó a deslizar las húmedas palmas de las manos entre ambos y a empujarlo suavemente. Todos los músculos de Devlin se tensaron y él sintió que la temperatura de su cuerpo subía un grado más.

¿Acaso la había malinterpretado? Tal vez había pensado que ella deseaba estar con él y no era así. ¡Maldita sea! ¿Quería Eden hacer el amor con él o no?

Sin dejar de mirarla, bajó la cabeza de nuevo hacia ella con la intención de besarla, pero vio que ella no reaccionaba. Entonces, decidió que era mejor retirarse en aquel momento, cuando aún tenía fuerzas para hacerlo.

Incapaz de ocultar su frustración, se puso de rodillas. Eden se tomó su tiempo e hizo lo mismo. Entonces, lo miró a los ojos y comenzó a acariciarle suavemente la mejilla. Después, muy lentamente, le besó el cuello, justamente en la base de la garganta.

El deseo se apoderó de él. Fue una sensación muy rápida, muy fuerte. Se sintió obligado a advertirle que, si estaba jugando de nuevo con él, lo estaba haciendo con fuego porque él estaba peligrosamente cerca de perder el control.

Sin embargo, antes de que Devlin pudiera pronunciar las palabras, la boca de Eden volvió a tocarlo. Sus suaves y fríos labios le acariciaron primero la clavícula izquierda y luego la derecha. Aquel excitante contacto se extendió a un pezón antes de comenzar a descender por el centro del abdomen.

Devlin echó la cabeza hacia atrás y cerró los ojos para rendirse a las sensaciones. Cuando la mano de ella se deslizó por debajo del bañador de él y dejó libre su erección, Devlin apretó los puños con fuerza.

–No pares...

Eden dibujó una delicada línea alrededor del ombligo antes de responder.

—De eso puedes estar seguro...

Le acarició y le apretó el miembro hasta que él lanzó un gruñido de exquisito placer. Como respuesta, ella bajó un poco más y comenzó a masajearle esa parte de él que estaba lo suficientemente tensa como para explotar.

Cuando la boca ocupó el lugar de la mano y Eden deslizó la lengua por la ardiente punta, Devlin se sintió a punto de dejarse llevar. Ella no dejaba de estimularlo, moviendo la cabeza sobre él mientras la otra mano frotaba y acariciaba el bañador.

Devlin arqueó la espalda. Sentía una maravillosa necesidad de explotar. Incapaz de resistirse, le colocó la mano en el cabello y la animó a seguir más profundamente, lo que ella hizo con deliciosa habilidad. Cuando retrocedía, dejaba que los dientes se deslizaran por la piel, lo que acrecentaba el potente deseo de Devlin.

Todos los músculos de su cuerpo estaban en tensión. Entonces, le colocó la mano sobre el rostro y la retiró para obligarla a que él la mirara a los ojos.

—Me gustaría que estuvieras haciendo eso todo el día, pero no estoy seguro de ser lo suficientemente fuerte.

Ella comenzó a acariciarle suavemente el vientre.

—Veamos lo fuerte que eres...

Volvió a meterse el miembro de Devlin en la boca. Cuando la lengua comenzó a enredarse en él una y otra vez, el cuerpo de Devlin tembló con la necesidad de dejarse llevar y de tener así su orgasmo. Sabía que a ella no le importaría.

Sin embargo, quería llevar a Eden al mismo estado de excitación con el que él se estaba enfrentando en aquellos momentos. Quería que ella conociera el mismo éxtasis y quería llevarla a ese punto sin utilizar las manos o la boca.

Encontró la fuerza de voluntad para apartarla y animarla a levantarse. Le sujetó la barbilla y la besó profundamente para que supiera lo mucho que le gustaba, y lo mucho que había echado de menos las cosas que hacía con él. Sin dejar de besarla, bajó una mano hasta encontrar un seno, que empezó a moldear y a estimular, prestando especial atención al pezón. Ella no tardó en gemir de placer contra sus labios.

–Si sigues haciendo eso, no seré responsable de mis actos –susurró ella.

Devlin la tumbó suavemente en la manta. Apartó los platos y las copas y se le colocó entre las piernas. Entonces, le quitó rápidamente la braguita del biquini y le separó los muslos con las rodillas.

Deslizó dos dedos entre los húmedos pliegues. Estaba tan húmeda... Ver aquella imagen, oler su aroma, era casi suficiente para que Devlin olvidara los modales y se dejara llevar por la bestia que aún amenazaba soltarse dentro de él. No fue así. Siguió estimulándola precisamente donde y como a ella más le gustaba.

Ella trató de apretarse contra él, pero Devlin retiró la mano. Entonces, se tumbó sobre ella.

–Todavía no...

Eden cerró los ojos y suspiró.

Devlin comenzó a besarla tiernamente. La abrió suavemente con los dedos y la penetró muy lentamente, deteniéndose tan solo cuando ella se arqueó deliciosamente bajo él.

–No te muevas. Quédate justo así...

–¿Quieres decir así? –preguntó él.

Casi imperceptiblemente, Devlin se frotó contra ella y comenzó a mover las caderas.

–Sí, exactamente así –susurró ella con una enorme sonrisa. Estás disfrutando mucho con esto de torturarme para que te desee más, ¿verdad?

–Pídeme algo difícil.

Ella sonrió pícaramente.

–Cuenta del diez al uno.

Cuando ella contrajo los músculos de su vientre, acogiéndolo más profundamente y sujetándolo con fuerza, Devlin lanzó un gruñido de placer ante aquella sensación tan poderosa.

–¿Qué es lo que viene después del nueve?

Eden se echó a reír, lo que le provocó una erección más potente. Entonces, el lado más primitivo de Devlin se apoderó de él. Comenzó a moverse dentro de ella. Eden le rodeó la cintura con las piernas. Su rostro reflejaba el éxtasis en estado puro.

–Ah, Devlin... He echado esto tanto de menos...

Devlin la besó muy profundamente. La deseaba tanto... Y sí, él también la había echado mucho de menos...

–Dilo otra vez –le murmuró muy cerca del oído.

Y Eden lo hizo, aunque no con palabras. Lo empujó suavemente con las pantorrillas hacia su cuerpo, que se puso tenso y se contrajo alrededor del de él. El corazón de Devlin latía a toda velocidad. Le colocó una mano en el trasero y la apretó contra él. Un instante después, se vio proyectado a un paraíso de placer. Tan elemental. Tan puro. Tan exquisito. Un paraíso por el que sería capaz de vender su alma.

Más tarde, cuando regresaron al bungalow, Eden no podía dejar de sonreír. Se sentía como si estuviera paseando por las nubes.

Por el oeste, el sol estaba empezando a desaparecer por el horizonte. Una sinfonía de grillos comenzó a llenar el ambiente y, mientras subían las escaleras, Eden se abrazó a Devlin y apoyó la mejilla contra su pecho. Él la apretaba con fuerza.

En cierto modo, aquel día parecía ser producto de los sueños. ¿Cuántas horas se había pasado ya abrazada a Devlin, de un modo que, antes del día anterior, no había creído que pudiera volver a experimentar? Deseó poder aferrarse a aquella magia para poder disfrutarla para siempre.

Por supuesto, eso era algo imposible.

«Toma lo que puedas y conténtate».

En el porche, la felicidad, o tal vez la desesperación, se apoderó de ella y le dio un beso en la mejilla.

—Voy a cambiarme para la cena —le dijo mientras le acariciaba el vello del pecho—. ¿Por qué no nos sirves un poco de vino?

—No necesitas más vino.

—Tal vez nosotros no estemos de acuerdo, pero la

nota de Tianne decía muy claramente que ese néctar no contenía alcohol. Me siento bien.

Devlin sonrió y le dio un golpecito en el trasero cuando entraron en el salón.

—Pues antes no lo parecía.

¿Se refería a que se hubiera quitado la parte de arriba del sujetador y que se hubiera subido al acantilado?

—¿Crees que hice todas esas cosas porque estaba borracha?

—Bueno, es la única explicación —respondió él mientras dejaba la cesta del picnic sobre una mesa.

Eden se echó a reír.

—Entonces, cuando tú haces cosas fuera de lo común, estás alimentando un espíritu aventurero; cuando lo hago yo, tengo que estar borracha.

—Bueno, tú misma admitirás que no te gustan las aventuras.

—Estoy aquí, ¿no?

—Solo porque no te ha quedado elección —dijo. Entonces, le dio un beso en la coronilla a modo de gesto conciliador—. No he querido decir eso.

—Tienes razón. No me ha quedado elección. Era o enfrentarme a mis demonios, es decir, a ti, o vivir en un purgatorio emocional durante el resto de mi vida.

—¡Vaya lo que acabas de decir!

—Lo que ocurre es que puede que no estemos destinados a envejecer juntos, pero tenemos una química que no podemos negar. Necesitaba ver cómo terminaba lo que empezamos ayer.

Él se quedó boquiabierto, Eden soltó una carcajada.

–Lo siento, Devlin, pero es así.

Solo estaba siendo sincera, aunque esa clase de sinceridad fuera demasiado dura.

Devlin adquirió un gesto pensativo y, entonces, se dirigió hacia el bar para elegir una botella de vino.

–Simplemente estoy tratando de entender esto –dijo, mientras buscaba entre las botellas–. Esta escapada, por lo que a ti se refiere, solo tiene que ver con el sexo.

Eden se cruzó de brazos y sonrió. Solo un hombre podía reducirlo a algo así. Además, ¿de verdad le estaba costando encontrar el vino apropiado o estaba mirando adrede hacia otro sitio para que ella no pudiera ver el alivio que se le reflejaba en los ojos?

–Esta escapada solo tiene que ver con divertirse. Con dejarse ir. Nadie debería tener que andar de puntillas fingiendo que es algo más que eso.

Devlin no respondió. Se mantuvo de espaldas mientras se mantenía ocupado abriendo la botella de vino. Sin embargo, llegó un momento en el que el silencio se alargó más de lo necesario y el miedo comenzó a apoderarse de Eden.

Tal vez se había excedido. Después de todo, él era un maestro de aquel juego y eso significaba enmascarar la razón fundamental de una seducción, que en puro lenguaje masculino se definía como «echar un polvo». Sin embargo, su propio orgullo no podía dejar que él creyera que seguía siendo tan ingenua. Aquel fin de semana era tan solo una maravillosa escapada con límite en el tiempo.

Sin embargo, si su franqueza había herido el ego

de Devlin, era mejor que se lo aliviara con algunos halagos. Además, sincerarse un poco más le vendría muy bien a ella.

Se acercó a él.

—Cuando te llamé por lo de Sabrina y Nathan, estaba muy nerviosa —le dijo mientras él servía el vino—. Sentada en aquel restaurante, estaba casi temblando. Tenía buenos motivos para sentirme nerviosa por volver a verte. Resultaba evidente que aún me sentía atraída por ti. Que necesitaba verte una última vez. Me estaba aferrando demasiado al pasado. No estaba muy contenta contigo cuando rompimos.

—Querrás decir cuando tú te negaste a responder mis llamadas —replicó él sin volver a mirarla.

—Me refería al hecho de que no te importara que yo me preocupara por tu seguridad.

Eden se dio cuenta de que acababa de hablar como una mártir. Decidió que tenía que tranquilizarse y terminar la conversación de un modo menos agresivo.

—Sin embargo, eso ya queda en el pasado —dijo mientras colocaba una mano en el umbral de la puerta—. Aunque tengo ciertas reservas sobre las verdaderas intenciones de tu hermano hacia Sabrina, me alegro de haber visto tu otro lado.

Sin mirarla, Devlin giró ligeramente la cabeza.

—¿Qué lado?

—El que se preocupa lo suficiente como para creer y apoyar a una persona en vez de marcharse en la dirección opuesta.

Devlin la miró por encima del hombro. Su mirada era sombría. El tono de su voz, duro.

–¿Es esa la clase de hombre que crees que soy?

–Bueno, tienes que admitir que lo de conocerte a ti mismo no es lo tuyo, pero no sigamos hablando de esto –añadió–. Estos son dos días de nuestras vidas y me alegra decir que están haciéndome descubrir un lado mío que no sabía que existía.

–¿Que no sabías que existía o que no dejabas manifestarse? –le preguntó Devlin mientras tomaba el vino y se dirigía hacia ella.

Eden parpadeó. Aquello no tenía sentido.

–Pero si tú mismo has dicho que yo jamás he sido muy aventurera.

–¿Qué es eso que habías dicho sobre lo de conocerse a uno mismo?

Cuando Devlin se detuvo frente a ella, la piel se le caldeó al sentir el desafío que él tenía en la mirada. Un desafío al que no tenía intención de enfrentarse.

Aquella conversación había terminado. Necesitaban volver al lado festivo, divertido, que habían compartido junto al lago. Aún le quedaba un día y dos noches allí. Eso significaba compartir su cuerpo con Devlin sin dejar que él siguiera viendo su corazón.

Sonrió.

–Guárdame esa copa. Volveré enseguida.

Cerró la puerta y se apoyó contra ella durante un largo instante para permitir que se le enfriara la caldeada piel y se le calmara el corazón. Entonces, con renovado vigor y determinación, se dirigió a su bolsa de viaje.

Decidió que aquella noche se pondría un vestido de seda, con unos pendientes largos a juego y tan solo un poco de lápiz de labios como maquillaje. Elegante, pero informal. No volvería a mencionar nada de lo que le había dicho a Devlin. Había dicho ya lo que tenía que decir e incluso se sentía mejor por ello. No iba a permitir que lo que ella recordaba del pasado repercutiera en el poco tiempo que les quedaba juntos.

Sobre la colcha de seda de la cama, había un vestido de noche de color rosa palo, con el cuerpo ceñido hasta las caderas y una delicada falda de vuelto, tan ligera como la gasa. Se acercó un poco y vio que los tirantes estaban hechos de delicadas rosas.

Era sencillo, sexy y tenía un color precioso. Era en realidad uno de los vestidos más hermosos que había visto nunca.

Recordó que, aquella mañana, antes de que se marcharan al lago, Devlin había regresado a la casa con una excusa. Eden suponía que había querido prepararlo todo en ese momento. Nunca nadie había hecho nada tan romántico por ella.

Sintió deseos de salir corriendo para darle las gracias por aquel regalo.

Pensaba que lo había superado, pero el corazón algún le dolía por todos los años que habían pasado separados.

Se arrodilló junto al vestido y lo observó. Una vez más, sintió que se le hacía un nudo en la garganta.

Había sido una idiota, una ingenua al pensar que podía disfrutar de aquellos días sin repercusiones. Si no lo había conseguido en tres años, ¿cómo iba a poder olvidarse de Devlin después aquellos dos días?

Una vez más, estaba en peligro.

En peligro de volver a enamorarse.

Capítulo Nueve

Después de que Devlin se pusiera unos pantalones y una camisa, se puso a encender media docena de antorchas de jardín y, después, se puso a esperar a su chica en el porche. Cuando Eden salió unos minutos más tarde y la vio, estuvo a punto de dejar caer las dos copas de vino que tenía en las manos.

Parecía una aparición. Una hermosa aparición de cabello dorado. En vez de andar, parecía deslizarse por el suelo hacia él. Tenía el rostro tostado por el sol y los ojos le brillaban con la luz de las antorchas.

–Gracias por el vestido –dijo. Se detuvo junto a él y se dio la vuelta para que él pudiera admirarlo–. Es precioso.

–Me alegro de que te guste.

–Ha sido una sorpresa perfecta.

–Así que, lentamente, estoy compensándote por las ofensas del pasado –bromeó él mientras le ofrecía a Eden una copa de vino.

Ella frunció el ceño y aceptó la copa.

–Me temo que antes he hablado demasiado...

–En absoluto. Prefiero que me lo digas directamente a tener que leer entre líneas.

–¿Tan enigmática soy?

–Bueno, yo más bien diría bromista.

–¿Y te importa?

–Al contrario. Deberías hacerlo con más frecuencia.

–¿Y esto también? –le preguntó ella. Entonces, se puso de puntillas y le rozó la mejilla con los labios.

–Decididamente mucho más de eso –afirmó él.

Para apoyar aquella observación, le agarró la nuca y la besó profundamente. Cuando rompió el beso, ella murmuró:

–¿Aún no te has cansado de eso?

–¡Qué pregunta más tonta!

Los ojos de Eden brillaron de alegría. Entonces, Devlin la soltó. Ella respiró profundamente y se miró el vestido. Entonces, volvió a girarse para él.

–¿Te importa si te pregunto dónde has comprado el vestido?

–Tengo mis contactos. Ayer llamé a un diseñador que es amigo mío después de dejarte en tu casa. Tulleau se quedó encantado al saber que mi regalo sorpresa era nada más y nada menos que para la famosa dueña de Tentaciones.

–¿Tulleau? ¿Estás hablando de Nicolas Tulleau?

–Te he impresionado.

–Me moriría por diseñar vestidos tan reconocidos como los suyos.

–Tú también tienes tu fama. Me he enterado que este año te han nominado para un premio.

Ella se encogió de hombros modestamente.

–Es estupendo estar entre los nominados, pero no me veo ganando.

–Podrías llevarte una agradable sorpresa.

Eden se limitó a sonreír. Entonces, se dirigió hacia las escaleras. Devlin la siguió y, cuando él estuvo a su lado, ella le preguntó:

–¿Qué es la cosa inalcanzable que más te gustaría alcanzar?

–¿Además de la paz mundial y la capacidad para hacer que un guisante se mantenga en equilibrio sobre mi nariz? Veamos. Me gustaría correr en el Gran Premio de Mónaco. Sentir el poder de uno de esos coches de Fórmula 1 cuanto toma esas peligrosas curvas. Tengo un amigo que es jefe de los mecánicos de una escudería y... Te estoy aburriendo.

–En absoluto... Bueno, tal vez un poco –admitió–. Eso de ir a más de trescientos kilómetros por hora no es la idea que yo tengo de alcanzar un sueño. Lo siento.

–¡Eh! ¿Dónde está el lado aventurero que me enseñaste antes? –le preguntó mientras le acariciaba delicadamente el brazo.

–Bueno, hay unas maneras de divertirse... y otras.

–Yo me quedo con las últimas.

–¿Estás seguro?

–Ponme a prueba –susurró él.

Eden levantó un dedo y se marchó corriendo. Regresó con una toalla, que colocó sobre uno de los escalones del suelo antes de sentarse. Entonces, tomó un palo del suelo y comenzó a dibujar en la arena.

Cuando él reconoció lo que ella estaba dibujado, que era una parrilla de tres en raya, se quedó atónito.

–Espera. Creo que mi corazón no va a poder superar la excitación.

–He leído en alguna parte que los coches de Fórmula 1 cuestan millones. Este pasatiempo, honrado a través de los tiempos, es, por el contrario, gratis. Yo era la campeona de mi curso.

Ella dibujó un círculo en el centro y esperó a que Devlin se sentara a su lado.

–¿Porque siempre hacías trampas para empezar la primera?

–Bueno, no crei que quisieras jugar.

–Solo estoy diciendo que deberíamos haber tirado una moneda para ver quién empezaba primero.

–A ver qué te parece esto. Si yo gano esta partida, te dejo que ganes la próxima.

Con un dedo, Devlin dibujó una cruz en la esquina superior derecha.

–Un consejo. A los hombres no nos gusta que nos digan que nos van a dejar ganar.

–¿No me digas? –replicó ella. Entonces, dibujó otro círculo debajo de la cruz.

–El hecho de que hayas querido empezar la primera dice algo sobre ti –dijo él mientras se concentraba en su siguiente movimiento.

–Se trata solo de las tres en raya.

–¿Y qué me dices de ese premio? ¿No te esfuerzas en mejorar tus ventas y en darle una buena reputación a tu boutique?

–Eso es diferente. No es un juego. Es importante.

–Dime una cosa, Eden –dijo él mirándola fijamente–. ¿Qué más es importante?

–Bueno, aceptar que algunas cosas no se pueden ganar.

Entonces, Eden bajó la mirada a la arena y arrojó el palo. Comenzó a frotarse los brazos.

—Está refrescando, ¿no te parece?

Resultaba evidente que no quería que él siquiera preguntando, pero Devlin no pudo dejar de preguntarse qué o quién no se podía ganar. Tal vez lo que quería decir era que no podía ganar la lucha para evitar la atracción física entre ellos. En eso, Devlin estaba completamente de acuerdo.

—Tengo el remedio perfecto para que entremos en calor.

La ayudó a levantarse y la tomó entre sus brazos y comenzaron a bailar con la música de la noche, compuesta del sonido de las aves nocturnas y del susurro de las hojas de las palmeras por el viento.

Eden apoyó la mejilla contra el pecho de Devlin. Pasaron unos instantes antes de que murmurara:

—Tengo que admitir que bailas muy bien.

—Lo intento.

—¿Has dado clases?

—Era obligatorio antes del baile de fin de curso.

—Sin duda fuiste a un colegio muy exclusivo.

—Sí. El de mi padre.

—Nunca me has hablado mucho de tus padres. Supongo que es un tema prohibido.

Devlin apretó la mandíbula y miró hacia el oscuro cielo de la noche.

—Mi padre no era un hombre muy agradable.

—¿Contigo?

—Si lo de ignorar a sus hijos puede calificarse de no ser muy agradable...

—¿Y por qué lo hacía?

—Siempre se arrepintió de haberse casado.

—Eso debió de ser muy duro para tu madre.

—Cuando era un niño, lo sentía mucho por ella, pero mi padre era un hombre con un carácter muy fuerte. Ella debió de haberlo intuido. Debió de haber sabido qué clase de hombre era.

—¿La clase de hombre que ella no era capaz de conquistar?

En aquella ocasión, resultaba evidente lo que Eden quería decir entre líneas. Él era el hombre que ella no podía conquistar. Un hombre como su padre.

Lo único de lo que estaba seguro era de que, equivocadamente, había pensado que podía olvidarse de Eden con poco más de un beso. Sin embargo, cuanto más la besaba, cuanto más la abrazaba, menos quería dejarla escapar.

Esto le asustaba profundamente. No quería hacerle daño a Eden como su padre le había hecho daño a su madre. No quería seguir con aquella relación si no podía comprometerse plenamente. Sin embargo, ¿cuándo estaba seguro un hombre de esas cosas? ¿Era mejor dejar que alguien se marchara para no tener que correr esa clase de riesgo? Eden ya se había escapado en una ocasión de aquella ambivalencia. Se había acercado demasiado. Él había levantado un muro y había recuperado su espacio.

En las semanas posteriores a su ruptura, había decidido que aquello era lo mejor.

Tres años después, ya no estaba tan seguro.

Eden interrumpió sus pensamientos.

–Mañana, podríamos echar un vistazo a ese mapa que nos dejó Gregory. Podríamos ir a explorar un poco la isla.

–No quiero pensar en mañana. Solo quiero pensar en esta noche.

Ella parpadeó lentamente.

–Bien.

Devlin entornó los ojos. ¿Qué había detrás de aquella sonrisa de Mona Lisa?

–¿Por qué bien?

–¡Qué pregunta más tonta!

Devlin volvió a tomarla entre sus brazos y apoyó la mejilla sobre la sedosa cabellera rubia. Entonces, se preguntó si, efectivamente, era una tontería lo que había preguntado.

¿Era aquella escapada una oportunidad para olvidar el pasado o para descubrir lo que era verdaderamente importante? Para aprender lo que merecía la pena ganar. Ganar y mantener.

¿Quién había dicho que eso significaba pasar por el altar?

Capítulo Diez

No cenaron hasta casi la medianoche. Antes de eso, estuvieron bailando, charlando y riendo. Cuando ya no pudieron negar el magnetismo que había entre ellos, Devlin la tomó en brazos y, sin dejar de mirarla, la llevó a la cama.

En aquella ocasión, hacer el amor fue... diferente. Mejor. Devlin la ayudó a quitarse el vestido y luego ella observó cómo él se desnudaba. Con el silencio absoluto que les rodeaba, el ambiente era casi sagrado, como si la magia fuera a disiparse si se atrevían a hacer una broma o a dejar de hablar en susurros.

Tal vez Eden quería pensar que eso era también lo que Devlin sentía. Comprarle aquel hermoso vestido era una cosa. Volver a estar enamorado, que era precisamente lo que le estaba ocurriendo a ella, otra muy diferente.

Sin embargo, había algo diferente en los ojos de Devlin, algo que decía que él, al igual que Eden, quería que aquella noche fuera eterna.

Cuando se tumbó junto a ella, Eden lo recibió con los brazos abiertos y los ojos llenos de unas lágrimas que no podía derramar. Podría ser que Devlin las viera a la luz de la luna porque a ella le pareció ver cómo le cambiaba la expresión del rostro antes de besarla...

Y la besó como si lo estuvieran empujando a hacerlo todos los demonios del infierno.

Después de hacer el amor, cenaron en la cama. No hablaron de cosas que no se podían ganar ni de nada de lo que habían hablado anteriormente.

Cuando por fin las primeras luces del alba aparecieron en el horizonte, Eden deseó que desaparecieran. Quería que regresara la noche.

Tragó saliva para contener las lágrimas y se abrazó al único hombre que podría amar mientras él le acariciaba suavemente el brazo. Juntos, observaron cómo, poco a poco, las primeras luces de la mañana iluminaban el dormitorio.

Sintieron, minuto a minuto, que el tiempo se les escapaba entre los dedos.

Cuando Eden se despertó, Devlin estaba tumbado de costado, mirando hacia el otro lado. Sintió que se le hacía un nudo en la garganta al ver su imponente aspecto. Su amplia espalda, moviéndose con el suave ritmo de la respiración. Su adorable cabello oscuro, tan revuelto y tan sexy. Su aroma, tan maravilloso y masculino. Cuando se acercó un poco él pensando en deslizarle los labios por la deliciosa curva de la oreja, él no se movió.

Muy extraño.

Sabía que, cuando dormía, el ruido más ligero o el movimiento más suave era capaz de despertarlo. Sin embargo, allí, tal vez por haber dormido tan poco o por el hecho de que en aquella isla aislada se sentía completamente a salvo, era capaz de dormir profundamente.

Pensó en deslizarle la lengua por la espalda y luego acariciarle la cadera para despertarle de un modo que les gustara a los dos, pero prefirió no hacerlo.

Despertarlo sería un acto de egoísmo por su parte. Él no había dormido lo suficiente. Ni ella tampoco. La diferencia era que ella estaba completamente despierta. Las olas del mar parecían llamarla con un susurro distante.

«Un día más, un día más...».

Con mucho cuidado, se levantó de la cama y se puso un vestido. Entonces, se peinó y se cepilló los dientes. Cuando regresó junto a la cama, Devlin seguía de costado.

Las olas parecieron volver a llamarla y, de repente, deseó sentir el viento salado en el rostro y saborear el calor del sol tropical en la piel. Quiso captura tantas sensaciones de aquel lugar como pudiera. No quería olvidar nunca aquellos dos días de ensueño, viviendo con Devlin en el paraíso.

Salió rápidamente de la cabaña y bajó los escalones, comparando el olor de las antorchas quemadas al romántico brillo de las llamas la noche anterior. La noche más sorprendente de su vida.

Tan solo lamentaba el hecho de que algunas cosas no se podían ganar. Se había referido, por supuesto, a que ella jamás podría ganar el corazón de Devlin. Al menos, no por completo. Y estaba casi segura de que Devlin había sabido a lo que se refería.

Sin embargo, no había dicho nada. No había confesado que, tras compartir aquellos maravillosos días juntos, se había enamorado de ella. En vez de eso, había considerado las palabras antes de dejarlas pasar.

Cuando llegó a la playa, vio que un grupo de gaviotas. Estuvo observándolas un rato, con fascinación, viendo lo cómodas que estaban en su mundo.

—¿Ves animales salvajes en tus viajes?

Se sobresaltó al escuchar la voz de Devlin y se dio la vuelta. Él estaba a pocos metros de distancia, con un aspecto delicioso.

—No me has despertado —replicó él.

—Parecías estar profundamente dormido. Estuvimos levantados hasta muy tarde.

—¿O deberíamos decir temprano?

Devlin se acercó a ella, la tomó entre sus brazos y la besó hasta que el deseo volvió a prender. Eden no podía soportar pensar que, después del día siguiente, jamás volvería a sentir la piel de Devlin contra la suya.

¿Cómo iba a poder decirle adiós?

Eden se abrazó a él y contempló el horizonte.

—Resulta difícil creer que la gente de ahí enfrente se está levantando en estos momentos para ir a trabajar.

—Las responsabilidades interfieren con la diversión —comentó él mientras le mordisqueaba suavemente la oreja.

—Supongo que uno no se puede divertir todo el tiempo.

Había querido hablar con desenfado, pero la voz la había traicionado. La nariz le picaba por la amenaza de las lágrimas. Eso no era aceptable. Necesitaba olvidarse de lo negativo. Tenía que estar agradecida por haber tenido la oportunidad de terminar aquello, de terminar lo que había entre ellos del modo que merecía terminarse.

Sin reproches.

—¿Te ha dejado Sabrina un mensaje esta mañana?

—¿No pensé que aquí tuviéramos cobertura —respondió ella. Le intranquilizó aquel comentario, por lo que se volvió para mirarlo. ¿Te ha llamado Nathan a ti?

—Me ha mandado un mensaje de texto.

—¿Y qué quería? —preguntó ella. Se sentía cada vez más intranquila.

—Estoy seguro de que no es nada.

—¿Qué quería? —insistió ella. Estaba muy nerviosa.

—Quería saber si tú habías hablado con Sabrina.

Eden apretó los puños. Una horrible sensación se estaba apoderando de ella.

—Algo malo ha pasado —dijo.

—No lo sabemos —replicó Devlin—. Podrían ser buenas noticias.

Sin embargo, estaba claro por la expresión de su rostro que él no estaba convencido de lo que acababa de decir.

—Tengo que llamarla.

Devlin le agarró la muñeca antes de que pudiera alejarse.

—Cuando quiera hablar contigo, te llamará ella a ti.

—¿No vas a llamar tú a Nathan?

Devlin pareció pensárselo un momento. Luego, le soltó la mano a Eden.

–Vayamos primero a ver si Sabrina te ha dejado un mensaje a ti.

Eden echó a correr hacia la casa.

–¡Eh! ¡Espérame!

–No te preocupes –dijo ella por encima del hombro–. No me dan miedo los animales salvajes.

El pinchazo que sintió en el pie fue rápido, ardiente. Incapaz de ahogar un chillido, se dejó caer sobre el trasero mientras se sujetaba el talón. El dolor que le subía por la pierna era tan intenso que resultaba casi insoportable.

Antes de que pudiera deducir qué era lo que había pasado, Devlin se dejó caer a su lado. Lo único que Eden sabía era que le dolía el pie terriblemente.

–¿Qué ha pasado?

–No estoy segura... Creo que me ha mordido algo.

–¿Una serpiente? –preguntó él mientras miraba a su alrededor.

Con mucho cuidado, Devlin le apartó las manos. Un poco de sangre cayó a la blanca arena. Entonces, lanzó una maldición y buscó por todas partes. De repente, recogió algo.

–Parece que te atacó una caracola.

–Bueno –dijo ella a pesar del dolor que sentía–, eso tiene que ser mejor que pisar una cobra.

–Aquí no hay cobras. Yo había pensado que podría ser una víbora.

Devlin arrojó la caracola y se volvió a arrodillar junto a Eden. Entonces, tras examinar la herida, sacudió la cabeza.

–Es un corte muy profundo.

–Sobreviviré.

–Si se infecta, no. La septicemia no es algo agradable. Tendremos que ir a tierra firme para buscar un médico.

–Lo siento mucho, Devlin.

–¿Qué es lo que sientes?

–Debería haber tenido más cuidado y mirar por dónde pisaba –dijo ella.

–Ha sido un accidente.

–Supongo que, después de todo, no se me da bien esto de las aventuras...

Eden le rodeó el cuello con los brazos sabiendo que, a partir del día siguiente, se separarían. Ya lo habían hecho antes. En aquella ocasión, sería mucho más fácil.

Al menos para él.

Sin embargo, por el momento... Devlin se estaba mostrando cariñoso y considerado. Podía tranquilizarle diciéndole la verdad.

–No tienes por qué preocuparte. Te prometo que me mantendré alejada de todo lo que podría causarme daño.

Cuando vio que el alivio se reflejaba en los ojos de él, Eden decidió que jamás se había sentido más cerca... ni más lejos de él.

Después de que Devlin la llevara al bungalow y le curara la herida, Eden miró su teléfono móvil. No había ningún mensaje de Sabrina.

Estaba sentada en el sofá, con el pie levantado sobre un cojín. Tenía el teléfono en la mano y estaba expresando sus dudas en voz alta.

–Quiero llamarla –dijo–, pero preferiría que ella se pusiera en contacto conmigo cuando quisiera.

–Bien pensado –afirmó Devlin. Se acercó a ella con un vaso de agua.

–Estoy teniendo una reacción exagerada, ¿verdad?

–Quieres mucho a tu hermana. Es normal que te preocupes por ella.

Sin embargo, él parecía distraído. Un músculo le vibraba continuamente en la mandíbula y tenía los ojos más oscuros que de costumbre, como llenos de sombras.

Le entregó el agua y señaló el pie vendado.

–Ese corte necesita puntos.

–Puede esperar.

–No. No puede –afirmó él. Se dirigió a la mesa y sacó un juego de llaves del bol que ocupaba el centro–. Vamos a tomar el barco para ir a buscar un médico en tierra firme.

Al final, Eden terminó cediendo. Cuando él estaba de aquella manera, nada podía disuadirlo. No podía hablar con él. De hecho, resultaba muy agradable que él se preocupara por su bienestar de aquella manera. Si no supiera que era imposible, aquella actitud podría darle incluso esperanza.

Noosa era la ciudad más cercana. Devlin sacó el bote del muelle de la isla y se dirigieron hacia el muelle de la ciudad. Como no consentía que ella pisara sobre el pie herido, la tomó en brazos mientras recorrían la ciudad en busca de un médico.

Eden no sabía si estaba avergonzada o encantada porque aquel hecho atrajera la atención hacia ella. Un grupo de ancianas que había en una parada de autobús comenzó a aplaudir, pero Devlin ni se inmutó. Se metió en el primer consultorio médico que encontró y anunció que tenían una emergencia.

Todo el mundo se puso en marcha. El médico la vio inmediatamente.

Después de que la enfermera curara y suturara la herida, Devlin se puso de pie y se acercó a ella con el rostro lleno de preocupación. Eso le resultó a Eden muy... agradable.

–¿Te encuentras bien? –le preguntó.

–Aparentemente, pero tengo que...

–Ya me he ocupado yo de la factura –replicó. Entonces, inspeccionó las muletas–. Yo podría llevarte en brazos y sería más fácil...

–Yo habría pensado que, a estas alturas, se te habrían caído los brazos.

Él sonrió.

–Ni hablar –replicó. Abrió la puerta para que ella saliera delante de él–. Podríamos almorzar aquí.

–Bueno, Noosa es famosa por sus boutiques...

–Si te apetece, echaremos un vistazo después.

–Preferiría volver después de almorzar. ¿Te importa?

Devlin le enmarcó el rostro con las manos y sonrió.

–No me importa en absoluto.

116

Capítulo Once

Almorzaron en una terraza de un café y, cuando regresaron a la isla, habían perdido una gran parte del día. Devlin llevó a Eden en brazos al bungalow, pero solo para recoger la manta de picnic. Entonces, se dirigieron al lago.

Se acomodaron en una sombra e hicieron el amor lentamente, aprovechando cada instante. Después, permanecieron desnudos y abrazados durante un buen rato. Más tarde, Devlin se metió con ella en el agua, sujetándola entre sus brazos y levantándole el pie para que no se le mojara la venda. Cuando estaban medio sumergidos, él la besó y comenzó a dar vueltas con ella. El murmullo de la catarata y del canto de los grillos era el acompañamiento perfecto.

Cenaron en el bungalow, observando las llamas de las antorchas hasta que las sombras consumieron la luz. Entonces, él la llevó a la cama. Allí, la besó tiernamente y la estrechó con fuerza contra su cuerpo. Una agradable sensación de pertenencia se apoderó de ella.

Sin que se diera cuenta, llegó la mañana. Eden se despertó con el sonido del motor de un barco que se acercaba al muelle.

Sintió que se le hacía un nudo en el pecho. Los

ojos se le llenaron de lágrimas. No podía recordar haberse quedado dormida. ¿Cómo podía haberse dormido tan fácilmente y haber desperdiciado el valioso tiempo que les quedaba? Las horas que habían perdido aquella noche eran irrecuperables.

Al levantar la vista, se dio cuenta de que Devlin estaba despierto. Estaba sonriendo. Entonces, ella sintió que desaparecía parte de su disgusto. No quería aferrarse a malos sentimientos en aquellos últimos instantes. Quería aferrarse a lo maravilloso. Quería aferrarse a él.

–Buenos días –dijo él con voz ronca.

–Buenos días –replicó ella. Se tragó el nudo que se le había hecho en la garganta y sonrió.

–Gregory y Tianne ya están aquí.

–Los he oído.

Devlin le acarició suavemente la mejilla con los nudillos. Entonces, la obligó a levantar el rostro hasta que a ella no le quedó más remedio que mirarlo a los ojos.

–Tenemos que hablar.

Eden sintió que se le aceleraban los latidos del corazón. Ansiaba escuchar lo que él tenía que decirle, pero, al mismo tiempo, no quería oír nada. Sabía que no sería nada de lo que le habría gustado escuchar. Nada que tuviera que ver con el amor. No podía pensar de otro modo.

–¿No deberíamos vestirnos primero y hacer las maletas?

–No quiero que esto termine. Quiero volver a verte, Eden.

–¿Sí?

Devlin asintió. Sin embargo, no vio felicidad alguna en su mirada. No estaba segura de cuál era el sentimiento que habitaba en las profundidades de aquellos ojos, pero, fuera cual fuera, le ponía la carne de gallina.

–Ya sabes lo que dije la primera noche que pasamos aquí.

–Que necesitabas ver que lo que empezamos en el hotel llegaba a su conclusión natural, pero ha ido mucho más allá.

A pesar de que su cerebro le gritaba que tuviera cautela, una pequeña llama de esperanza prendió en su pecho.

–Estás muy serio.

–También dijiste que querías soltarte. Divertirte. Nos hemos divertido, ¿verdad, Eden?

–No me lo había pasado tan bien en toda mi vida... –admitió ella.

–Pero dijiste que no querías nada... duradero.

Eden parpadeó. Sí. Eso era lo que había dicho. Sin embargo, eso había sido antes de que conectaran de aquel modo increíble, un modo que había superado con creces su anterior relación. Sin embargo, tal vez él estaba a punto de decir eso también. Decidió no interrumpirle. Se limitó a asentir.

–Sin embargo, decir adiós ahora me parece algo imposible...

–Sí –dijo ella. Casi no podía creer lo que estaba escuchando–. Estoy de acuerdo.

–He estado pensando y repasando nuestra relación

para ver en qué nos equivocamos. Ahora somos personas muy diferentes.

Eden sintió que le faltaba el aire de un modo absolutamente maravilloso. Se moría por escuchar las palabras que él iba a pronunciar a continuación. Sentía que la felicidad se había apoderado de ella. Volvió a asentir.

—En ese caso, llevaremos esto al siguiente nivel. Un nivel en el que ahora yo sé que estamos los dos cómodos. No te estoy malinterpretando, ¿verdad?

El corazón de Eden latía a toda velocidad. No pudo contener una carcajada.

—Supongo que resulta bastante difícil no darse cuenta.

Sí. Quería llevar aquella relación a un nivel superior. Quería que estuvieran juntos. Tal y como él había dicho, no eran las mismas personas. Él había madurado y ella jamás podría olvidar cómo la había cuidado él después del accidente. Además, lo que habían compartido era más que perfecto. Parecía marcado por el destino. Las palabras que tanto ansiaba escuchar debían venir a continuación.

—Bueno, pues ya está —dijo él con una sonrisa—. Seguiremos divirtiéndonos cuando lleguemos a Sídney.

Eden se quedó paralizaba. Aquello no era lo que ella esperaba escuchar.

—Eres una mujer muy especial —prosiguió él—. Estábamos distanciados pero ahora parece que conectamos muy bien. Dado que los dos queremos lo mismo, no hay razón para que no podamos seguir divirtiéndonos durante el tiempo que dure esto.

Eden sintió que volvía a costarle respirar. Sin embargo, ¿cómo podía reprocharle nada cuando Devlin solo había repetido lo que ella misma le había dicho? Ella había querido soltarse. Había querido divertirse. Le había jurado que no quería nada serio.

Sin embargo, si no podía tener el amor de Devlin, si no podía casarse con él, ¿no podía disfrutar de su compañía y conformarse con eso? Eso era lo que Sabrina había hecho con Nate. Su hermana se había sentido satisfecha con dejarse llevar y disfrutar al máximo lo que tenía con su pareja durante el tiempo que durara.

–¿No estás segura?

Una parte de ella quería tranquilizarle, pero no podía. Quería volver a verlo. Él le había abierto la posibilidad, pero, si ella le decía adiós, aquella vez sería para siempre. ¿Podría ella vivir con eso?

–Iré a decirles a Greg y a Tianne que vuelvan dentro de un par de días. Así tendrás más tiempo para decidirte.

Lo que él quería decir era que así tendría él más tiempo para convencerla, para hacerle el amor y terminar con toda oposición.

–Lo siento, Devlin. Lo siento de verdad –dijo ella–, pero ya hemos estado ahí antes.

Devlin parpadeó varias veces y luego sonrió.

–Iré a decirle a Greg que vuelva el jueves o el viernes o...

–Los dos necesitábamos esto, pero yo no puedo fingir. No quiero ser permanentemente el divertimento de nadie. Quien soy en realidad no ha cambiado.

Quiero sentar la cabeza y encontrar mi final feliz. Algún día, quiero tener una familia propia.

–No lo comprendo. Pensaba que estábamos de acuerdo. Después de estos dos días y de que vieras lo feliz que tu hermana es con Nate, pensé...

–La verdad es que yo no soy como Sabrina. Ni Nate es como tú. Tal vez ellos sean felices por cómo van las cosas entre ellos, pero lo que me acabas de ofrecer demuestra que no hay nada que yo pudiera necesitar más. Si aceptara, si siguiera viéndote, terminaría sufriendo de nuevo, aunque no sería culpa tuya sino mía por no ser más fuerte.

–Quieres casarte –dijo él. Su mirada, de repente, se había vuelto fría

–Sí, Devlin. Quiero casarme. Quiero tener el sueño completo.

–Yo no puedo darte eso.

–Lo sé. No estoy enfadada. Durante estos dos últimos días, encontramos un terreno común. Ahora, ha llegado el momento de dejarlo escapar.

–¿No hay nada que pueda hacerte cambiar de opinión?

–Me temo que no.

Devlin la miró fijamente a los ojos. Entonces, algo pareció cambiar en ellos, como si él hubiera perdido la batalla y estuviera dispuesto a arriesgar su corazón en el intento. Se acercó un poco más y la miró fijamente.

Eden ansiaba acariciarle el rostro. Tal vez si ella le decía primero lo que sentía, que lo amaba desde hacía mucho tiempo y que jamás podría amar a otro hombre, Devlin se daría cuenta de que lo que había entre ellos era mucho más que algo divertido. Y que podía ser duradero. Eden sabía que Devlin y ella podían ser felices.

Sin embargo, él respiró profundamente y se levantó con una sonrisa en los labios.

—Bueno, ¿qué puedo decir yo entonces? —le preguntó.

Eden se tragó sus lagrimas. A ella se le ocurrían al menos dos palabras.

—Respeto tu decisión —añadió. Le tomó la mano y le besó todos los nudillos—. No puedo decir que no haya sido agradable mientras ha durado.

Entonces, sin mirarla a los ojos, apartó la sábana y se dirigió al cuarto de baño mientras Eden se mordía el labio y cerraba los ojos. Se odió por no poder impedir que las lágrimas cayeran en la almohada.

Por no poder impedir que Devlin le rompiera el corazón una vez más.

Eden trató de conseguir que el resto del tiempo que les quedaba fuera agradable, aunque el estado de ánimo de Devlin era muy poco afable. Parecía distante. Se mostraba cortés, pero, cuando la miraba, era como si se negara a verla. Eso le hacía a Eden mucho daño.

Durante el vuelo de vuelta a Sídney, Eden estaba demasiado triste como para sentirse preocupada. La angustia de aquellos instantes de tensión terminó cuando el Lexus de Devlin se detuvo delante de apartamento donde ella vivía.

Cuando el coche estuvo parado, los dos permanecieron mirando hacia el frente.

—Gracias —murmuró ella.

—De nada —respondió él sin soltar el volante—. Cuídate.

—Lo haré. Tú también.

Devlin hizo ademán de abrir su puerta.

—Te acompañaré hasta la puerta del edificio.

Eden le colocó una mano sobre el muslo y sintió cómo los músculos se tensaban bajo su contacto.

—Te ruego que no lo hagas —dijo. Apartó inmediatamente la mano.

Devlin apretó la mandíbula y asintió.

—Como desees.

Eden lo miró rápidamente. Aquel no era el Devlin que ella conocía. Ni siquiera sonaba como Devlin. Ya no quedaba nada más. Lo estaba dejando muy claro.

Ella respiró profundamente y abrió la puerta. Entonces, se echó la bolsa sobre el hombro y se dirigió cojeando hasta la puerta del edificio.

El corazón se le rompió cuando oyó que el coche se marchaba.

Eden vio la nota en la mesa en cuanto entró en su apartamento cinco minutos más tarde. Sabrina se la había dejado junto con sus llaves y algo de dinero. Quería contribuir a las facturas de ese mes. En la nota decía que había estado a punto de llamar a Eden para decírselo, pero que no lo había hecho porque sabía que ella le habría dicho que se quedara el dinero.

Quedaba resuelto el misterio del mensaje de texto que Nathan le envió a Devlin.

Eden dobló la nota y, aunque no tenía mucha energía, tomó el teléfono y marcó el número de Tentaciones.

Tracey se puso muy contenta al oír su voz.

—¡Has vuelto! ¿Cómo te ha ido?

—Fue fabuloso —dijo Eden. Esperaba sonar convincente. No quería sincerarse con Tracey en aquellos momentos—, pero me he hecho daño en un pie.

—¡No! ¿Te encuentras bien?

—Voy a tener que tomarme el resto de la semana para que se me cure.

—Bueno, claro. No hay ningún problema. Aquí todo está bajo control.

Las lágrimas que llevaba conteniendo todo el día le hicieron un nudo en la garganta.

—Eden —murmuró Tracey—, ¿estás bien?

—Maravillosa —susurró, con tanto entusiasmo como pudo fingir—, pero tengo que tomarme un analgésico. Me está empezando a doler el pie.

Capítulo Doce

Aquel jueves por la mañana, a las once y diez, Eden aún no había desayunado, pero se estaba tomando su cuarta taza de café. Aquel día, no creía que fuera a quitarse el pijama.

¿Para qué? No iba a ver a nadie. Ya tendría tiempo a la semana siguiente para arreglarse cuando fuera a trabajar.

Si es que iba a trabajar a la semana siguiente.

No tenía ganas de hacer nada más que ver películas románticas. Esa era su manera de deshacerse del recuerdo de Devlin. Estaba segura de que terminaría teniendo éxito.

Devlin no la había llamado ni una sola vez. De hecho, aquella mañana había visto en Internet un artículo que incluía una fotografía de él acompañando a una pelirroja pechugona a una función en la ópera. Consiguió contener las lágrimas durante una hora hasta que se le escaparon y la sorprendieron cuando estaba doblando su ropa. No dejaba de pensar si se habría acostado con aquella pelirroja la noche anterior.

Se estaba sirviendo un zumo de naranja cuando llamaron al telefonillo. El corazón se le sobresaltó.

–¿Quién es?

–Sabrina.

Eden sintió que el alma se le caía a los pies. Habían hablado brevemente desde que ella llegó a casa, pero, como Sabrina tenía exámenes, no había ido a visitarla antes. Menos mal. Eden miró a su alrededor y vio platos sucios, revistas por el suelo y más platos en la mesita. Su casa era una pocilga. Normalmente era muy ordenada. Si Sabrina veía el estado del apartamento, sabría que le ocurría algo. Además, no le apetecía compartir con ella lo ocurrido aún, sobre todo por lo feliz que Sabrina era con Nate.

Trató de buscar una excusa.

—Mira, Sabrina, no me encuentro bien...

—Lo siento, no te oigo —le interrumpió su hermana—. No parecías tú por teléfono ni quisiste contarme nada sobre esos días que pasaste con Devlin. No vas a trabajar. Quiero que abras la puerta y me dejes entrar.

—Pensaba que yo era la hermana mayor y, por lo tanto, la que daba las órdenes.

—Desde este momento, considéralo una responsabilidad compartida.

Eden apretó el botón y dejó que Sabrina entrara. Unos segundos más tarde estaba en la puerta con una expresión compungida en el rostro.

—Eden, tienes un aspecto horrible.

—Yo también me alegro de verte.

—¿Qué es lo que ha ocurrido?

—¿Quieres que te cuente todo o solo la parte realmente mala?

Cuando las dos se dirigieron al sofá, Sabrina la hizo detenerse en seco.

—¿Qué te ha pasado en el pie?

–Ya llegaré a esa parte.

Después de apartar las revistas, las dos se sentaron. Eden comenzó a explicarle que había llamado a Devlin la semana pasada porque quería pedirle que la ayudara a conseguir que Nate dejara a Sabrina.

Ella palideció.

–No me puedo creer que hayas hecho eso.

–Ahora, yo tampoco puedo. Lo siento. Solo quería protegerte.

–No me puedes proteger siempre.

–Eso fue lo que me dijo Devlin.

–¿Y qué te dijo de vosotros dos? Supongo que eso significa que el fin de semana no fue bien.

–¡El fin de semana fue maravilloso! Me sentí como si estuviera viviendo un sueño. Él se mostró encantador, por supuesto, y hacer el amor fue... Bueno, esa parte no tengo por qué contártela.

–Estás enamorada de él.

–Tienes razón. Creo que, de hecho, jamás he dejado de amarle. Traté de olvidarme de él, pero no pude.

–¿Y lo sabe Devlin?

–¡Dios, no! Eso es lo único que me ha salvado. Después de que él pensara que me había mordido una serpiente...

–¿Qué es lo que dices que te mordió?

–Resultó que yo había pisado una caracola rota.

Sabrina miró a su hermana y asintió.

–Mejor.

–Sangré mucho y Devlin estaba muy preocupado. No ayudó que yo hubiera estado saltando de los acantilados.

–¿Habías perdido la cabeza?

–Un poco. Y jamás había sido más feliz. Por eso, no puedo lamentar haberme marchado con él ni tampoco lamentar haberle dicho a Devlin que no podemos volver a vernos. Él no quería decir adiós. Quería mantener la puerta de su dormitorio abierta... pero sin ataduras.

–Sigue sin interesarle el compromiso y a ti sí te interesa.

Eden miró a su hermana.

–¿Te ha hablado Nate de su padre?

–Me dijo que ni Devlin ni él conocían en realidad a su padre. Se muestra distante. Frío en realidad.

–Devlin me dijo que no quiere cometer nunca el mismo error que su padre.

–¿Casarse?

–Sí. No quiere hacerlo sin estar preparado, tal y como lo hizo su padre...

–Tal vez yo sea una romántica incurable, pero, ¿por qué no os seguís viendo y os preocupáis de hablar del matrimonio más adelante? Nate y yo aún no lo hemos hecho.

–Nate y tú no tenéis un pasado. Créeme. Es mejor que los dos recordemos esos días por lo que fueron... un adiós retrasado.

–Tal vez si supiera que estás enamorada de él...

–¡Se ha terminado! –gritó–. Lo siento, cielo. Hoy soy una mala compañía.

Sabrina se puso de pie.

–Ve a descansar. Te llamaré mañana para ver cómo estás.

Eden se puso de pie para darle un beso a su hermana.

–Gracias por ser la mejor hermana que una chica pudiera desear.

Sabrina no parecía convencida.

–Se te olvida que, si yo no hubiera empezado a salir con Nate, tú no habrías vuelto a ver a Devlin ni estarías pasando por todo esto. Una vez más.

–Esto no tiene nada que ver contigo. Tú disfruta lo que tienes con Nate. Algún día, yo encontraré el hombre adecuado para mí.

Sin embargo, mientras acompañaba a Sabrina a la puerta, Eden comprendió que ya lo había encontrado. Desgraciadamente, ella no había sido la mujer adecuada para él.

Devlin estaba en un balcón del séptimo piso de uno de los hoteles más exclusivos de Montecarlo junto con otros invitados muy especiales viendo cómo los coches de Fórmula 1 recorrían la ciudad a una velocidad endiablada. Su amigo se había portado muy bien con él y lo había invitado a Mónaco para que fuera testigo de uno de los acontecimientos deportivos y sociales más famosos de la riviera francesa. ¿Qué hombre no disfrutaría algo así?

Sin embargo, mientras se tomaba una copa de champán y contemplaba los coches, no podía dejar de pensar en los recuerdos que tenía de un lugar mucho más tranquilo.

De un paraíso en la tierra.

Los sentimientos que evocaba aquel lugar no eran sostenibles. Eden lo había sabido. Si hubiera sido una mujer menos valiente, habría aceptado la sugerencia que él le había propuesto. Si no fuera tan inteligente, se habría creído que podría aferrarse a la magia. Tal vez incluso hubiera tratado de encontrar la manera de que Devlin le propusiera matrimonio.

En cuanto ella le había confesado que quería un final feliz o nada en absoluto, Devlin había hecho lo más razonable y se había echado atrás. No servía de nada seguir prolongando el dolor. Él no cometería el error de su padre. No confundiría una atracción física muy fuerte con algo más. No traería niños a un hogar que carecería por completo de sentimientos. De hecho, si no era capaz de entregarle su corazón a una mujer como Eden, si no estaba preparado para correr el riesgo con ella, quedaba muy claro que era incapaz de comprometerse con el amor romántico.

Punto final.

Se acercó a la balaustrada y se apoyó en ella. Contempló la carrera con gesto ausente hasta que, de repente, uno de los coches comenzó a derrapar y se estrelló contra la barrera. Todos los presentes contuvieron el aliento mientras esperaban que el piloto saliera del coche. Se escuchó un profundo suspiro de alivio cuando salió rápidamente del coche y echó a correr. Cuando estuvo a una distancia segura, se quitó el casco y lo arrojó contra el suelo. ¡Qué tragedia más terrible! El líder de la carrera estaba fuera.

Una mujer muy atractiva, ataviada con un vestido rojo, se acercó a él. Tenía la piel muy suave, y una me-

131

lena negra que le caía abundantemente por la espalda. La mujer lo miró y sonrió. Resultaba evidente lo que buscaba.

Devlin dejó su copa y señaló la escena que se estaba desarrollando en la calle.

–Es una pena.

–¿Eres inglés? –le preguntó ella. Parecía más interesada en Devlin que en la carrera. Su propio inglés era perfecto, aunque tenía un suave acento del sur de Francia.

–Soy australiano. De Sídney.

–Me gustan los australianos.

De repente, un fotógrafo los interrumpió. Le rodeó la cintura con el brazo y dejó que los fotografiaran.

Cuando el fotógrafo se marchó, la mujer permaneció muy pegada a él.

–Esta semana es tan divertida. ¿Vas a ir al baile?

–No me lo perdería por nada del mundo.

–Tal vez podamos compartir un baile...

Era una idea genial. Entonces, ¿por qué la sonrisa que esbozó Devlin le pareció más propia de una máscara? No había razón alguna para no bailar con aquella mujer. Cualquier hombre se sentiría honrado por aquel privilegio, pero él se sentía... raro. Jamás se había sentido así antes. Como si estuviera engañando.

–Podría ir a recogerte al hotel –sugirió él.

–Si me acompañas esta tarde, sabrás dónde tienes que ir.

Capítulo Trece

–¿Te has retrasado alguna vez?

Eden miró a su hermana a través de la mesa de la cafetería.

–Me gusta llegar a tiempo. Ya lo sabes.

Seguía algo deprimida por lo ocurrido con Devlin, pero, poco a poco, iba recuperando el ánimo. Su hermana y su trabajo la habían ayudado mucho.

Sabrina aclaró su pregunta mientras removía su café.

–Me refería a si se te ha retrasado la regla alguna vez.

–Claro. Mi ciclo nunca ha sido muy regular –respondió ella mientras se tomaba un trozo de pastel de chocolate.

De repente, comprendió la razón por la que Sabrina le había hecho esa pregunta. Dejó caer el tenedor sobre el plato y sintió que el alma se le caía a los pies.

Trató de no dejarse llevar por el pánico.

–Sabrina, cielo. ¿Se te ha retrasado a ti?

–Sí. Incluso me compré una prueba de embarazo. Resultó que no necesité utilizarla. Falsa alarma.

–¿Y se enteró Nathan?

Habían pasado diez semanas desde que empezaron su relación y el fuego del amor aún ardía con fuerza para Sabrina y Nathan. Eden se alegraba por ellos. De hecho, los había visto juntos en algunas ocasiones y hacían una pareja preciosa.

Parecía que se había equivocado con Nathan al creer lo que decían los periódicos sensacionalistas. Nathan había decidido apartarse de la vida social y todos los objetivos se habían centrado en el mayor de los hermanos Stone. Eden había querido arrojar una revista en la basura porque aparecía con una mujer francesa en las páginas de sociedad. La sonrisa de Devlin y el amplio escote de la mujer le decían a Eden todo lo que necesitaba saber.

–No le dije a Nate que sospechaba que estaba embarazada. Investigué un poco primero y descubrí que los pechos se hinchan y duelen. Se tiene más hambre y se empieza a ganar un poco de peso.

Eden estaba a punto de meterse otro trozo de pastel en la boca, pero se detuvo en seco.

–¿Pechos hinchados y doloridos, dices?

Eden se miró. No recordaba que aquel vestido le quedara tan ceñido la última vez que se lo puso.

–No todo el mundo tiene náuseas por las mañanas–añadió Sabrina–, pero algunas mujeres las sufren por las tardes, algunas todo el día. Y luego están los antojos. Los más populares son los helados y los dulces.

Eden miró horrorizada su pastel. Aún había tenido hambre después de tomarse un *risotto*. Le había apetecido algo dulce y en gran cantidad.

–¿Y dices que no utilizaste esa prueba de embarazo? –susurró. Entonces, recordó la única vez en la que Devlin y ella no habían utilizado preservativo.

–La tengo aún aquí en el bolso –dijo Sabrina. Entonces miró preocupada a su hermana–. ¿Te encuentras bien?

–Tal vez no sea nada...

En aquel momento, Sabrina pareció comprender lo que le ocurría a su hermana.

–¡Dios mío! ¿No me digas que... tienes un retraso?

–No me había parado a pensarlo hasta este momento...

–¿Y los pechos?

–Me duelen... y los tengo más grandes.

Sabrina metió la mano en el bolso con determinación.

–¿Quieres que vayamos al baño aquí mismo o prefieres esperar a que lleguemos a casa para hacer la prueba?

–Sabrina... Tengo miedo.

–No tienes por qué. Yo estoy contigo. Y Devlin también lo estará.

Eden cerró con fuerza los ojos. ¿Devlin y ella padres? Devlin el padre de su hijo, un hijo que nacería fuera del matrimonio. Así no eran las cosas. Siempre había soñado con tener un hijo, pero después de casarse...

–Te ruego que no lo metamos a él en esto hasta que...

–¿Hasta que estés segura?

Eden asintió. Sintió náuseas de repente. Deseó que Sabrina no hubiera mencionado aquella parte.

–Aún no sabemos nada en firme. Podría ser una falsa alarma, como la mía.

Sin embargo, mientras se dirigían a la recepción para pagar la cuenta, Eden sabía que Sabrina no lo creía. Estaba embarazada. Del hijo de Devlin Stone. Estaba completamente segura. Igual que sabía que Devlin no se alegraría.

Al salir, Eden agarró la mano de su hermana.

—Prométeme que no le vas a decir nada a Devlin sobre esto.

—Tiene que saberlo...

—Yo necesito tiempo para solucionar esto. Para saber qué es lo que voy a hacer.

Sabrina asintió.

—Te lo prometo, pero con una condición. Si vas a tener un hijo, quiero ser la madrina.

Eden quería reír y llorar al mismo tiempo. Adoraba a su hermana.

—Lo de ser madrina implica muchos cambios de pañal y ayudar a echar los gases —le advirtió.

Sabrina entrelazó el brazo con el de Eden y la acompañó al coche.

—¿Para qué somos hermanas?

—¿Estás dormida?

Eden suspiró al escuchar aquella profunda voz en su sueño. Pertenecía a Devlin. Él estaba a su lado mientras ella estaba tumbada junto al lago de Le Paradis sur Terre. Estaba sonriendo y extendía hacia ella sus fuertes brazos.

—¿Eden? —le repitió la voz del sueño.

—Sí, Devlin —murmuró ella.

Las hojas de las palmeras susurraban por encima de su cabeza y el cielo parecía más azul que nunca. Sin embargo, oía voces y no debería haber nadie más en la isla. Se suponía que estaban solos y el tiempo se estaba acabando.

Sintió que Devlin la tomaba entre sus brazos. Él no volvió a hablar. Simplemente, la miró. Ella sabía cuáles eran sus planes. Tenía la intención de llevársela al bungalow para volver a hacerle el amor.

Suspiró deliciosamente y se arrebujó un poco más contra el torso desnudo de Devlin. Entonces, de repente, recordó y frunció el ceño.

Ya habían terminado. Había otro desafío al que debía enfrentarse. Iba a tener un hijo. El hijo de Devlin. Tenía que decírselo. Decírselo inmediatamente.

¿Cómo? ¿Cuándo?

Sabía que debería abrir los ojos, pero tenía los párpados muy pesados. Además, su rostro descansaba sobre algo oscuro y suave. Efectivamente, alguien la llevaba en brazos, pero no estaba en la isla. Había techos altos, muebles de caoba y un montón de personas de pie, algunas de ellas mirándola fijamente...

Entonces, levantó la mirada y contuvo el aliento.

—¡Devlin!

—Vaya, la Bella Durmiente por fin está despierta.

Eden fue saliendo de su sopor y vio que él no estaba desnudo, tal y como había estado en su sueño. Llevaba chaqueta y camisa. Por fin lo recordaba todo.

—¿Qué estás haciendo aquí?

—Ahora mismo, te voy a encontrar un poco de aire fresco. Evidentemente, no te encuentras bien.

A las cinco y media de aquella tarde, se había sentido muy cansada. Solo había querido irse a casa a descansar, pero un amigo la había invitado a su exposición y no había querido defraudarle. Conocía a Zach desde la universidad y aquella noche era su debú en el mundo del arte.

Por eso, cerró su tienda y se marchó a su casa para cambiarse de vestido y luego había tomado un taxi para dirigirse a aquel hotel. Ni el agua helada que se tomó ni la animada conversación del resto de los invitados le había quitado su deseo de dormir. No podía dejar de bostezar. Por lo tanto, había hecho que el portero le pidiera un taxi. Mientras esperaba, se había acomodado en un sofá del vestíbulo. No era de extrañar que se hubiera quedado dormida.

–Estoy bien –le dijo a Devlin–. Puedes dejarme en el suelo. Solo estoy... cansada.

Devlin no le prestó atención alguna y atravesó las puertas de cristal que conducían a un patio. El aire fresco la animó inmediatamente y, efectivamente, se sintió un poco mejor. Desgraciadamente, no podía hacer mucho sobre los efectos del embarazo. Aquella semana, la fatiga que había sentido había sido excesiva. En la tienda, se echaba siestas en el almacén y le decía a Tracey que se trataba de un virus. Por las miradas de preocupación que le dedicaba su ayudante, sabía que Tracey no estaba convencida. Eden había decidido que se lo diría cuando llegara el momento adecuado. Primero, debía darle la noticia al padre de su hijo, pero aún no se había sentido con fuerzas para hacerlo.

Cuando la prueba de embarazo dio positiva, había

hecho que su médico confirmara el resultado. Sin embargo, aquella última semana había tenido algunas pérdidas. Estaba en la duodécima semana de embarazo y tenía una ecografía un par de días después para confirmar que todo iba bien. Cuando viera que su hijo, o su hija, estaba bien, le daría la noticia a Devlin.

Desgraciadamente, la mala suerte había querido que Devlin estuviera en el hotel aquella noche.

A menos que...

—No me has respondido. ¿Qué estás haciendo aquí? —le preguntó mientras él la colocaba junto a un banco y la obligaba a sentarse.

—He venido a cenar con una amiga en el restaurante que hay en la planta baja. ¿Y tú?

—A una exposición.

Al menos había sonado sincero. Parecía que no sabía nada sobre su secreto. ¿Por qué iba a saberlo? Sabrina era la única que conocía su secreto y su hermana jamás traicionaría su confianza.

—Esa exposición debe de ser muy importante para traerte hasta aquí cuando, evidentemente, estás a las puertas de la muerte —dijo él mientras se sentaba a su lado.

—Zach Perry, el artista, es buen amigo mío.

—Entiendo.

—Y no estoy en las puertas de la muerte. Simplemente...

—Lo sé, lo sé. Estás cansada —afirmó él, aunque no parecía estar muy convencido—. ¿Te apetece un poco de agua?

—Me gustaría irme a mi casa —replicó ella. Trató de

ponerse de pie, pero Devlin la obligó a sentarse de nuevo.

–Siéntate un rato antes de marcharte tan rápido.

–No estoy enferma –insistió ella. Al menos no del modo que él pensaba.

Devlin la miró de arriba abajo y comentó:

–Tengo que decir que no pareces desfallecida.

Eden levantó la barbilla. ¿Tan evidente resultaba que había ganado peso? Devlin, por otro lado, parecía estar tan guapo como siempre.

–¿Qué tal el pie?

–Mejor, gracias. Vi que estabas en Mónaco.

Devlin entornó la mirada.

–Sí, fui un par de días.

–Las escapadas cortas parecen gustarte mucho –replicó ella con una tensa sonrisa.

–¿Y tú? ¿Has hecho algún viaje últimamente?

–He tenido que posponer un viaje a Los Ángeles –contestó, sin explicar por qué.

Por mucho que el médico le había asegurado que no había problema, no había querido tomar un avión estando embarazada.

–¿Te has apuntado a las clases de escalada?

–De momento las he pospuesto también.

Era responsable de otra vida. Tenía que cuidarse para poder cuidar de su hijo. ¿Cambiaría Devlin algún aspecto de su vida cuando supiera que iba a ser padre? ¿Y si quería hacerlo? ¿No se merecía la oportunidad de tomar esa clase de decisión? Tal vez debería encontrar el coraje de decírselo antes de la ecografía.

Deseó que los latidos del corazón se le detuvieran y

bajó la mirada. No quería ver su reacción si esta no era buena.

–Devlin, necesito decirte...

–No te preocupes.

–¿Que no me preocupe sobre qué?

–No te tengo aquí para aprovecharme de la situación.

–Te aseguro que no estoy preocupada –dijo ella. Al menos, no estaba preocupada sobre eso.

–Bien, porque, cuanto más lo pienso, más me doy cuenta de que tenías razón. En la isla conectamos, conectamos muy bien, pero no podía durar para siempre.

–No...

–Aunque tenga que admitir ahora que sigo deseándote. De ese modo somos compatibles.

–Sí.

En aquel momento, Eden se dio cuenta de que se había acercado un poco más. Notó que la piel comenzaba a caldeársele y que los senos se le hacían más pesados a cada segundo que pasaba.

Cuando las miradas de ambos se cruzaron, él pareció leerle los pensamientos y se dispuso a tranquilizarla.

–Relájate, Eden. Solo porque quiero tomarte entre mis brazos, no significa que vaya a hacerlo.

–¿No tienes intención de besarme?

Devlin le miró los labios y sonrió.

–Hasta hace un segundo no.

Eden se odió por no reaccionar cuando él le rodeó el cuello con una mano y la atrajo hacia sí. Peor aún fue que se dejó llevar cuando él la besó. Se rindió totalmente y no pudo negar la razón. Una parte de su ser lo estaba celebrando, como celebraba el deseo que se estaba despertando en ella.

Aceptar su beso le pareció en aquel momento la cosa más natural que había hecho nunca.

Devlin comenzó a acariciarle la oreja con el pulgar y ella separó más los labios. Sus terminaciones nerviosas ardían de deseo y, con cada caricia que él le proporcionaba, una maravillosa presión se le iba formando en el vientre.

Cuando él rompió el beso, lo hizo muy suavemente. Dejó los labios muy cerca de los de ella, tanto que Eden sintió que él sonreía.

–Eden, cariño, serías capaz de conseguir que un hombre renunciara a su religión.

Una poderosa oleada de sentimientos la levantó, pero, igualmente, volvió a dejarla sobre la tierra. Aquello era una locura. Tenía que decírselo en aquel mismo instante. Tal vez allí mismo. Tal vez podría bajar un rayo del cielo y hacerle comprender que, en realidad, estaba enamorado de ella y que, además, estaba encantado de saber que muy pronto iban a ser padres.

A veces ocurrían los milagros.

Respiró profundamente y rezó para encontrar las palabras adecuadas.

–Devlin, te ruego que me escuches con cuidado. Tengo que decirte algo muy importante.

El fuego que ardía en los ojos de él pareció apagarse un poco antes de que él apartara la mirada.

–Conozco las reglas. Y no las he infringido. Tal vez

solo un poco. Estamos de acuerdo. Los dos queremos cosas diferentes. Eso no va a cambiar.

–En ocasiones, las cosas no son blanco o negro.

La mirada de Devlin se intensificó.

–¿Me estás diciendo que quieres que vuelva a besarte?

–Te estoy diciendo, Devlin... que estoy embarazada.

Él parpadeó una vez, muy lentamente.

–¿Embarazada? ¿Y ese bebé es mío?

Eden asintió.

La confusión de su rostro se transformó poco a poco en una temible oscuridad. Entonces, se puso de pie.

–¿Y no se te había ocurrido tomar el teléfono y hacer algo tan descabellado como decírmelo?

–Devlin, quería estar segura.

–Por lo que yo sé, o se está embarazada o no.

–Las pruebas son afirmativas y tengo todos los síntomas.

–Bueno, esto lo cambia todo...

–¿Qué es lo que quieres decir?

–Cambia lo que hay entre tú y yo.

Eden se atrevió a sonreír ligeramente. ¿Quería decir que ya no tenía que contener sus sentimientos? ¿Estaba ese rayo a punto de caer? Al menos, no había dicho que el niño no podía ser suyo o que no estaba preparado para ser padre.

–¿Cómo?

Devlin volvió a sentarse y se frotó la mandíbula.

–Creo que tenemos... Bueno, creo que deberíamos casarnos.

Devlin acababa de pedirle que se casara con él.

Eden llevaba años fantaseando sobre una proposición de matrimonio, pero, en sus sueños, él siempre parecía contento, feliz. Sin embargo, en aquellos momentos, no lo parecía.

–¿Qué te parece el mes que viene?

–No creo que tú quieras casarte conmigo –le dijo ella.

–Eden, hablo en serio.

–Y yo también.

–¿No es esto lo que querías? –exclamó él mientras volvía a ponerse de pie–. Un anillo de diamantes. Un vestido blanco. Los compraremos mañana. Nos casaremos y...

–Lo lamentaremos el resto de nuestras vidas.

–Estamos bien juntos. Podríamos conseguir que nuestro matrimonio funcionara.

Eden tragó saliva.

–¿Sientes algo por mí, Devlin?

–Por supuesto que sí.

–En ese caso, te suplico que no me lo vuelvas a pedir. Déjalo estar.

Con eso, Eden se levantó y se dirigió hacia la puerta. Una mano en la muñeca la obligó a detenerse.

–Estás esperando un hijo mío. Un hijo necesita a su padre.

–Yo jamás te impediré que lo veas. Él sabrá que los dos lo queremos. No necesita crecer sabiendo que...

Bajó la cabeza al comprender la verdad. Estuvo a punto de empezar a llorar. Devlin no la amaba. Si no la amaba en aquellos momentos, no la amaría nunca, aunque estuviera casado con ella.

–Yo jamás te sería infiel –le prometió–, si es eso lo que te preocupa.

–¿Y crees que eso tiene que ser un consuelo? –le preguntó ella. Una lágrima le cayó por la mejilla.

–Por el amor de Dios, Eden. ¿Qué es lo que quieres de mí?

–Lo único que no puedes darme. No te atrevas a mentirme, Devlin. Creo que me merezco algo mejor.

–Piensa en nuestro hijo.

–Lo estoy haciendo –replicó ella. También estaba pensando en otro niño, uno que había crecido sin poder creer en el amor. No iba a ser responsable por transmitir esa clase de legado a su bebé.

–La vida no es un cuento de hadas.

–No. En la vida hay que tomar decisiones –susurró ella. Y ella tomaría la más adecuada, aunque eso significara que se le rompiera el corazón.

Devlin se pasó una mano por el cabello y la miró durante un largo y tenso momento.

–Te llevaré a casa.

–Tienes una cena.

–La cancelaré.

–No te molestes.

–De verdad piensas de mí que soy un canalla de primera clase, ¿verdad?

–No lo pienso en absoluto. Creo que un día comprenderás muy bien cómo me siento.

–Si no me dejas que te lleve a casa, al menos te acompañaré a tomar un taxi.

De repente, Eden sintió que se le hacía un nudo en el estómago. Él parecía tan... atormentado. Quería echarse a llorar. Deseaba acariciarle el rostro, poder tranquilizarlo.

–Está bien, Devlin. De verdad.

Lo único que le importaba era que su hijo estuviera sano.

–No. No lo está –murmuró ella mientras le miraba el vientre. Entonces, entrelazó el brazo con el de ella y la acompañó hasta la puerta–, pero puedes estar segura de que encontraré el modo de que lo esté.

Capítulo Catorce

–Esto no debería llevarnos mucho tiempo, amigo. Estaremos en el campo de golf a las diez. Devlin miró por la ventana del Alfa Romeo de Nate y trató de apartar sus pensamientos. No hacía más que pensar en Eden. En su hijo. Casi no había dormido ni comido durante aquellos días.

–Ojalá me hubieras dicho antes que no te sentías bien –le dijo a su hermano.

Nate lo había ido a recoger temprano para ir a jugar al golf y le había explicado que su médico había ordenado una prueba relacionada con los problemas de estómago que había estado sufriendo últimamente.

–El médico no cree que se trate de nada serio. Esta ecografía es simplemente para descartar posibilidades. Te agradezco que vengas conmigo.

–También hacen ecografías para los embarazos, ¿sabes?

–Sí, claro que lo sé –dijo Nate. Entonces, dirigió el coche al aparcamiento del centro médico al que se dirigían. Allí, aparcó y apagó el motor–. Mira, Devlin, si quieres hablar sobre...

–Ya sabes todo lo que hay que saber –replicó él mientras abría la puerta del coche–. Voy a ser padre y la madre ha tenido el sentido común de rechazar mi proposición de matrimonio.

—El amor puede ser muy complicado...

—Mira, Nate. Quiero que me hagas un favor —afirmó él mientras los dos salían del coche—. No me hables de esa palabra que empieza por A. No estoy hecho para ello.

—Eso era también lo que pensaba yo, hasta que encontré a la mujer adecuada. Solo espero que, algún día, la convenza para que se case conmigo.

—¿Le has pedido a Sabrina que se case contigo?

—Sí —admitió Nate—. Durante una cena romántica. Ella me respondió que no está preparada. Yo creo que tiene miedo al compromiso.

Los dos hermanos entraron en el centro médico.

—El matrimonio da miedo cuando se trata tan solo de dos adultos —admitió Devlin—. Pero cuando además hay un niño por medio...

—Eres un hermano fantástico —dijo Nate agarrándole el hombro—. No me cabe la menor duda de que serás un padre estupendo.

—Tal vez papá pensó lo mismo cuando nuestra madre estaba embarazada.

Al entrar en la recepción, Nate le indicó a su hermano una silla que había en un rincón.

—Siéntate mientras yo hago las gestiones.

Cinco minutos más tarde, Devlin estaba mirando una revistas cuando Nate reapareció con una invitada inesperada. Al ver a Sabrina, Devlin dejó la revista y se levantó.

—Hola, Sabrina. Nate no me dijo que estarías aquí.

Sabrina bajó los párpados. Se mostraba casi tímida con él.

–Pensé en darle una sorpresa y que podríamos ir después a tomar un café.

Devlin se encogió de hombros y miró a su hermano.

–Ya sabes lo que se dice. Dos son compañía y tres...

–Me gustaría que te quedaras –le dijo Nate a Devlin–, si no te importa.

–Claro, pero me has dicho que esto es rutinario, ¿verdad?

–Sí, claro. Todo saldrá bien –le aseguró Nate–. Tienes mi palabra.

Cuando entraron en la consulta, Devlin lanzó una exclamación. ¿Cómo había podido ser tan ingenuo? Aquella había sido la excusa para llevarlo hasta allí. El hecho de que Sabrina se presentara allí, que hubiera tantas mujeres embarazadas en la sala de espera...

Eden estaba tumbada en una camilla con una sábana azul sobre el abdomen y las piernas. En el momento en el que oyó la voz de Devlin, se incorporó como movida por un resorte.

–¿Devlin? Esto no puede ser una coincidencia –añadió. Entonces, miró a Sabrina–. ¿Tienes tú algo que ver con esto?

–Fue idea mía –le dijo Nate–. Devlin debe estar aquí hoy y resultaba evidente que eso no iba a ocurrir sin un poco de ayuda.

–Las cosas que hacemos por amor –replicó Sabrina encogiéndose de hombros.

Devlin dio un paso al frente. Estaba allí, por lo que

no había razón para fingir que no le interesaba. Señaló el monitor con la barbilla.

–Supongo que esto es algo rutinario –le preguntó a Eden.

–Por supuesto –respondió ella, pero pareció palidecer un poco más.

De repente, Devlin sintió una presión en el pecho.

–¿Ocurre algo con... ? Eden, te ruego que me lo digas.

–La semana pasada estuve manchando un poco. No es nada raro y, además, las mujeres tienen una ecografía en la duodécima semana. Todo va a salir bien.

–¿Por qué no me lo dijiste?

–No quería que te preocuparas.

–¿Y te preocupaste tú sola por los dos?

–Sé que va a estar bien.

Devlin se sentó al lado de la camilla y le tomó la mano a Eden.

–Yo también lo sé. ¿Necesitas algo más? Debe de haber gastos médicos que...

En aquel momento, una mujer muy alta entró en la consulta.

–Buenos días –le dijo a Eden–. Soy la doctora que le va a hacer la ecografía. ¿Está preparada para ver unas imágenes sorprendentes?

Sabrina se inclinó para darle a su hermana un beso.

–Es hora de que nosotros nos vayamos.

Nate le dio la mano a su hermano.

–Buena suerte, tío.

La doctora se sentó en su taburete y se dirigió a Devlin con una sonrisa en los labios.

–¿Es usted el afortunado padre?

–Sí.

–Está bien. Pues empecemos.

La doctora bajó la sábana y aplicó un poco de gel sobre el vientre de Eden. Entonces, colocó el sensor y, en la pantalla, aparecieron unas imágenes en blanco y negro. Devlin se sentía muy nervioso. Entonces se quedó boquiabierto.

Lo de sorprendente era poco. De repente, apareció una cabeza sobre la pantalla, seguida de un pequeño cuerpo, de manos, piernas e incluso dedos.

–¿Es él? –le preguntó Devlin. Se sentía abrumado por lo que estaba viendo.

–O ella –afirmó Eden.

–Es un poco pronto para saber el sexo –les dijo la doctora.

Los dos compartieron una mirada y, entonces, Devlin le tomó una mano entre las suyas.

–¿Es eso el corazón? –le preguntó Devlin. Acababa de ver una pequeña luz que parecía tener vida.

–Así es y está funcionando perfectamente –respondió la doctora–. Buenas noticias. Voy a tomar algunas medidas, pero todo parece estar bien.

Durante los siguientes minutos, los dos estudiaron las increíbles imágenes de su bebé. En ocasiones, Devlin giraba la cabeza para mirar a Eden. Ella estaba tan vulnerable y tan hermosa, comprometida totalmente con la imagen que aparecía en la pantalla.

De repente, se apoderó de él un fuerte sentimiento. Jamás había sentido algo así. Lo único que sabía era que no podía negarlo. Allí estaba la respuesta.

Quería aquello más que el aire, quería formar parte de lo que estaba viendo, cada día, cada hora durante el resto de su vida.

Se le formó un nudo en la garganta y se acercó a ella hasta que sus labios estuvieron a pocos centímetros de la oreja de Eden.

–Te amo.

Eden apartó la atención de la pantalla durante un instante y sacudió la cabeza. Estaba seguro de que no había oído bien. Era imposible.

–¿Qué has dicho?

–Te amo.

Eden decidió que no quería hacerse ilusiones. Ya había pasado antes por aquello. Él había estado a punto de pronunciar aquellas dos palabras cuando le pidió que se casara con ella. Aquellas dos palabras eran tan solo otra estrategia para conseguir que ella volviera a meterse en su cama y tener además a su hijo en su casa.

–Ya hemos pasado por esto...

–Yo creo que no. Al menos, yo no.

–¿Te encuentras bien?

–Me siento... genial.

Eden miró a la doctora y ella sonrió.

–Los estímulos visuales son muy poderosos. En ocasiones, ponen a los padres así. Les dejaré un momento a solas –dijo mientras se ponía de pie.

Devlin acercó su silla un poco más y Eden se incorporó.

–La otra noche, cuando te pedí que te casaras conmigo, pensaste que te lo había pedido por deber. No te mentiré, hay un cierto sentido del deber, pero también hay algo más. Hay una sensación de que esto forma parte de nuestro destino.

–Te ruego que no me digas nada que no sientas –susurró ella, sin poder creer lo que estaba escuchando.

–Sin embargo, sabes que lo digo en serio. Sería un idiota si no me enfrento al hecho de que, si no te casas conmigo, seré un desgraciado el resto de mi vida. Quiero que los dos estéis a salvo. Y, si me dejas hacerlo, creo que yo también estaré por fin a salvo.

–¿Y si te arrepientes? ¿Y tus aventuras?

–¿Crees sinceramente que eso importa ahora? Los dos disfrutaremos juntos de nuestras aventuras. La mejor y la más importante será formar una familia juntos. Estoy muy seguro de esto. De ti y de mí. Yo no soy como mi padre. Por fin lo he comprendido y sé también que no seré feliz a menos que estemos juntos.

–¿Estás seguro?

–Resulta maravilloso estar seguro.

Eden le colocó la mano en el pecho y sintió los latidos de su corazón. Entonces, lo miró a los ojos y se echó a temblar.

–Deja que ganemos los dos esta vez, Eden. Dime que sientes lo mismo.

–Debes de saber que sí –susurró ella.

–¿Te casarás conmigo?

–Sí. ¡Claro que sí! Te amo, Devlin.

Él la estrechó entre sus brazos con fuerza. Llena de alegría, ella murmuró contra su piel:

–Devlin, hemos desperdiciado tanto tiempo...

–Sí, amor, pero lo recuperaremos y empezaremos ahora mismo.

Cuando Devlin la besó, Eden creyó que había oído cantar a los ángeles. Su corazón le confirmó que estaba totalmente segura. Lo abrazó y, entonces, le devolvió el beso.

Epílogo

Eden no se podía creer que la semana pasada celebraran otro maravilloso aniversario. Devlin y ella llevaban casados cuatro felices años. Y Nate y Sabrina se habían casado hoy. Eden había sido la dama de honor principal y, mientras avanzaban hacia el altar, no podía apartar la mirada del padrino más guapo que una mujer pudiera imaginar.

A su lado, iba la flor más hermosa. Vestida de blanco y con sus rizos rubios, Lonnie parecía un ángel. En la mano llevaba una cesta blanca. Al ver cómo avanzaba hacia el altar, Eden sonrió. Lonnie iba echando por el suelo pétalos de rosa, tal y como la habían enseñado en los ensayos. Desde el altar, su padre la miraba como si su hija fuera lo más valioso de este mundo.

En el banquete, Lonnie quería bailar, por lo que Devlin la tomó en brazos y comenzó a hacerlo con ella al ritmo de una balada. Eden decidió unirse a ellos. Se acercó a su pequeña de tres años y medio y le dijo:

–¿Puedo bailar con el padrino? Después de todo, es mi pareja.

–¡Mamá! –exclamó su hija al verla–. ¡Vamos a bailar los tres!

Pero cuando uno de los pajes pasó corriendo a su lado, Lonnie se olvidó de sus padres y se marchó a jugar.

–¡Qué raro! –exclamó su padre mientras miraba a Eden con adoración y la acunaba suavemente entre sus brazos.

–¿Qué es raro?

–Jamás pensé que podría quererte más que el día en el que nos casamos, pero cada vez es más fuerte. Y mejor.

–Sé exactamente a lo que te refieres.

–Lonnie lo ha hecho muy bien.

–Es la hija de su padre...

–Pero tiene el cabello de su madre.

–Y tus ojos.

–Y tu gran corazón. Vamos a tener otro.

–¿Ahora mismo? –preguntó Eden, riendo.

–Bueno, sí, claro. Aunque podría resultar algo difícil marcharnos en medio de la recepción.

Eden se echó a reír. Él también, y la hizo dar una vuelta.

–¿Dónde está tu espíritu aventurero?–bromeó Eden, mareada por las vueltas y por el amor que sentía hacia él.

Devlin le tomó la mano y se la colocó en el pecho.

–Aquí mismo. Y es todo tuyo.

Bajo las suaves luces, él la besó. Comprendió que Devlin y ella tenían el resto de la eternidad para su amor, para su familia.

Deseo

El secreto de Alex

MAUREEN CHILD

Para el experto en seguridad Garrett King, rescatar a una dama en apuros era una rutina diaria, aunque se tratase de una princesa sexy y deseable a la que pensaba tener muy cerca. Garrett sabía que la princesa Alexis había escapado de su palacio en busca de independencia y amor verdadero… un amor que creía haber encontrado con él. Pero Garrett no era un caballero andante, sino un experto en seguridad contratado en secreto por el padre de Alexis para protegerla durante su aventura.

Era un solterón empedernido que no creía en los finales felices… pero un beso de la princesa podría cambiarlo todo.

Él no era un héroe de novela

¡YA EN TU PUNTO DE VENTA!

Acepte 2 de nuestras mejores novelas de amor GRATIS

¡Y reciba un regalo sorpresa!

Oferta especial de tiempo limitado

Rellene el cupón y envíelo a

Harlequin Reader Service®
3010 Walden Ave.
P.O. Box 1867
Buffalo, N.Y. 14240-1867

¡Sí! Por favor, envíenme 2 novelas de amor de Harlequin (1 Bianca® y 1 Deseo®) gratis, más el regalo sorpresa. Luego remítanme 4 novelas nuevas todos los meses, las cuales recibiré mucho antes de que aparezcan en librerías, y factúrenme al bajo precio de $3,24 cada una, más $0,25 por envío e impuesto de ventas, si corresponde*. Este es el precio total, y es un ahorro de casi el 20% sobre el precio de portada. ¡Una oferta excelente! Entiendo que el hecho de aceptar estos libros y el regalo no me obliga en forma alguna a la compra de libros adicionales. Y también que puedo devolver cualquier envío y cancelar en cualquier momento. Aún si decido no comprar ningún otro libro de Harlequin, los 2 libros gratis y el regalo sorpresa son míos para siempre.

416 LBN DU7N

Nombre y apellido	(Por favor, letra de molde)

Dirección	Apartamento No.

Ciudad	Estado	Zona postal

Esta oferta se limita a un pedido por hogar y no está disponible para los subscriptores actuales de Deseo® y Bianca®.
*Los términos y precios quedan sujetos a cambios sin aviso previo.
Impuestos de ventas aplican en N.Y.

SPN-03

Deseo

En la cama con su rival
KATHIE DeNOSKY

La inesperada adopción de su sobrina debía de haber vuelto loco a Brad Price. ¿Cómo si no podía sentirse atraído por su rival de toda la vida, Abby Langley? A pesar de enfrentarse en las elecciones a la presidencia del Club de Ganaderos de Texas, Abby no podía evitar ayudar al recién estrenado papá. Y él tampoco podía dejar de pensar en ella… y desearla.

A Abby los esfuerzos de Brad por convertirse en un buen padre le resultaban entrañables e irresistiblemente sexys. Además, sus apasionados besos la volvían loca. Aunque no quería ceder, la única estrategia ganadora era la rendición absoluta.

La regla más importante era saber ganar

[9]